GULLIVER

1259

Anna Kuschnarowa

JUNKGIRL

Roman

EIN **GULLIVER** VON **BELTZ & GELBERG**

www.gulliver-welten.de
Gulliver 1259
Originalausgabe
© 2011 Beltz & Gelberg
in der Verlagsgruppe Beltz · Weinheim Basel
Alle Rechte vorbehalten
Lektorat: Christian Walther
Neue Rechtschreibung
Markenkonzept: Groothuis, Lohfert, Consorten, Hamburg
Einbandgestaltung: Cornelia Niere, München,
unter Verwendung einer Illustration von Sylverarts
Satz und Gestaltung: Lina-Marie Oberdorfer
Gesamtherstellung: Beltz Druckpartner, Hemsbach
Printed in Germany
ISBN 978-3-407-74259-9
1 2 3 4 5   15 14 13 12 11

»Who am I, then? Tell me that first, and then, if I like being that person, I'll come up: if not, I'll stay down here till I'm somebody else.«

Lewis Carroll, Alice in Wonderland

Ich? Wer ich bin? Ich bin Alissa. Wieder. Ein bisschen bin ich wieder Alissa, aber nur ein bisschen und der Rest ist Alice. Alice, die noch immer durch meine Venen jagt, obwohl ich längst clean bin, Alice, die es sich in meinem Hirn bequem gemacht hat. Alice, das ist die Stimme in meinem Kopf, Alice, das ist der Jabberwocky, vor dem du dich hüten solltest, und Alice ist die, die Alissa drückt. Nein, sie drückt sie nicht zärtlich, nur in Alissas Venen drückt sie, fordernd, gierig, verheißungsvoll.

Alice hasst Alissa, aber Alissa liebt Alice und sie liebt sie, weil nur Alice sie mitnimmt in eine Welt ohne Alissa. Und ohne Alice. Eine Welt, in der nichts mehr ist, gar nichts mehr. Eine Welt, in der jeder Wunsch sich auflöst. Reduktion. Absolut. Eine Welt ohne Wünsche ist eine friedliche Welt. Vielleicht ist es nicht das Leben, aber wozu brauchst du das Leben, wenn da auf einmal nichts mehr ist außer diesem Frieden? Tiefer Frieden, zeitloser Frieden. Am Ende der Welt liegt die Erlösung, unendlich und erhaben, denn die Zeit ist tot.

Und das ist das Problem. Die echte Erlösung gibt es erst, wenn die Zeit tot ist. Aber die Zeit bleibt nicht einfach stehen, nur weil Alice Alissa drückt. Nur Alissa und Alice bleiben stehen. Für ein paar Stunden bleiben sie stehen und wenn sie weitergehen, dann ist alles noch beschissener als vorher.

Und deswegen halte ich mir die Ohren zu, obwohl ich weiß, dass das nichts nützen wird, denn Alice spricht ohne Worte, ohne Stimme, ohne Körper. Und wenn sie eine Stimme, einen Körper braucht, dann nimmt sie einfach meinen.

»Halt die Klappe, halt die Fresse, halt einfach das Maul, du Schlampe!«, schreie ich mit meiner Stimme aus meinem Körper heraus in meinen Körper, mein Hirn hinein. Und Alice lacht. Lacht mich aus. »Ja, lach dich tot!«, plärre ich mich selbst an. Und dabei war ich mal so ein nettes Mädchen.

Das ist dieser Kampf, den ich führe, immer und immer und immer wieder. Es ist der Kampf von Alissa Johansson, siebzehn, dem klapprigen Avril-Lavigne-look-alike-Junkgirl, Exjunkie, Heroine, die blutjunge Kindfrau, das versteinerte Kind. Eine Greisin, ausgelebt, aufgebraucht, sweet seventeen und unsagbar alt.

Schon beim Aufwachen war klar, dass dieser Tag schlimm werden würde. Ich war wieder beim Kotti, im Traum, und Tara war auch da. Tara. In dem Moment bin ich aufgewacht und Tränen liefen mir aus den Augen und die Nachwirkungen dieses Traums durchzuckten mich. Starkstrom. Zweitausend Volt. Tara wird nie mehr da sein. Nie mehr. No control.

Kontrollverlust ist scheiße. Kontrollverlust ist mein ständiger Begleiter. Dafür hasse ich mich. Ich hasse mich so sehr, weil ich mich nicht unter Kontrolle habe, weil ich Alice nicht loswerde, weil meine Familie denkt, dass ich wieder Alissa bin. Mit zittrigen Händen greife ich unters Bett und hole die Klinge hervor. Auch dafür hasse ich mich, aber erst als ich das Blut sehe, das eine beruhigend rote Linie auf meinen Arm zeichnet, komme ich wieder runter. Under control. Still alive.

Ich bin dann schnell raus aus dem Bett, um nicht auf blöde Gedanken zu kommen, hab mich hingesetzt, Stuhl gerückt, aufgestanden, rumgelaufen, hingesetzt, aufgestanden, Fenster auf. Frühlingsluft. Krokusland draußen. Sonne. Himmel. Eigentlich schön.

Trotzdem. Ich brauche Ablenkung. Das Kottbusser Tor. Zum Kottbusser Tor komme ich jetzt nicht mehr so schnell wie früher. Seitdem ich aufs Land verbannt bin ins Internat für Töchter wohlhabender Eltern, ist das Kottbusser Tor ganz schön weit weg für eine Siebzehnjährige. Aber wenn ich wollte, käme ich da schon irgendwie hin. Gut, dass ich nicht will. Nur meine Träume wollen es noch. Und Alice. Aber jetzt ist Tag. Abitur, hämmere ich mir in den Schädel. Du willst dein Abitur machen, blöde Kuh. Und dann das Universum erforschen. Du willst nach Indien und im Kali-Tempel Räucherstäbchen opfern. Für Tara willst du das. Erst Indien und dann die Welt. Ich hocke mich aufs Fensterbrett und stelle mir das Netbook auf den Schoß. Die Sonne wärmt mein Gesicht. Ich checke E-

Mails. Das Postfach quillt nicht eben über. Aber wie auch? Den meisten meiner Freunde ist es scheißegal, ob irgendwer noch an sie denkt. Die meisten meiner Freunde sind keine. Können sie auch nicht, denn sie haben fast alle so was wie Alice.

Ich surfe ein wenig und wundere mich über das, womit sich die Leute beschäftigen. Und dann bleibe ich hängen auf einem dieser abgefuckten Auch-du-bist-ein-Star-Foren für verwöhnte Anorexie-Bulimie-Girlies und lese den Blog von Erdbeermund:

»Hi, ihr Süßen da draußen. Hat einer von euch eine Ahnung, wie man diesen abgefahrenen Hippie-Heroin-Absturz-Look stylt? Küsschen, Erbeermund.«

Hippie-Heroin-Absturz-Look! Und ohne lange zu überlegen, schreibe ich zurück:

»Am besten du nimmst einfach H. Snief es, du kannst es dir auch drücken oder rauch ein Blech. Dann nimmst du mehr, mehr und immer mehr und lässt es richtig krachen und schon hast du alles, was du brauchst: Nachtumschattete Augen, bleichblaue Lippen, gelbe Haut und der Schorf kommt dann auch ganz natürlich vom Kratzen. It's so easy, babe, to get the real authentic fucked up style. Da kannst du dir deinen ganzen Barbie-Make-up-Schmink-Scheiß sonst wohin stecken. Dieser Look ist fürs Leben. Hippie-Heroin-Absturz-Look! Fick dich doch! Junkgirl.«

Ich drücke auf »Senden« und dann kann ich es nicht mehr rückgängig machen, und ich weiß, dass ich die allerletzte Scheiße bin, und echt, ich war früher wirklich mal ein sehr nettes Mädchen gewesen.

Das war früher. Gefühlte zehntausend Jahre früher. Alissa, die jüngste Tochter von Thoralf und Jasmin Johansson, Architekten-Hausfrauen-Kind, der natürlich verhütete Nesthaken, behütet und bewacht von einer sechsköpfigen Erwachsenenfamilie, der wohlgeratenen, fleißigen, rechtgläubigen. Alissa, das Sorgenkind. Alissa, der Unfall.

Aber meine Kindheit war schön. Wirklich. Wir hatten alles. Alle zwei Jahre ein neues Auto, im Sommer den großen Familienurlaub und im Winter Skifahren. Und dann die Gemeinde. Als Kind war das toll. Jede Menge Kinder. Nie allein. Sommerfeste ohne Ende. Polaroidrotstichige Erinnerungen. Aufgehoben, behütet, beschützt im Schoße Christi. Als Kind hinterfragst du nichts. Als Kind bist du dort sicher.

Der ganze Ärger fing erst an, als ich in die Pubertät kam. Als es begann, wusste ich natürlich nicht, dass die Erwachsenen es so nannten, nein, als es begann, war ich zehn, so sehr zehn wie alle Zehnjährigen, ein Kind und von nichts eine Ahnung. Ich saß auf der Toilette und als ich mir eben den Slip hochziehen wollte, da sah ich auf einmal diesen Fleck. Feucht, dunkel, rot. Blut. Ich hielt mitten in der Bewegung inne und starrte den Fleck an.

Blut, das aus dem Unterleib kommt, bedeutete nichts Gutes. Als es bei Omi angefangen hatte, war es das auch schon so ziemlich gewesen mit ihr. Für eine OP war es bereits zu spät und ein paar Wochen später standen wir dann alle auf dem Friedhof und heulten Rotz und Wasser.

Auf einmal waren meine Beine Knetgummibeine, bis zum Umfallen elastisch. Ich klammerte mich am Spülkasten fest. Gerade mal zehn und schon hatte ich Krebs und in wenigen Wochen würde ich tot sein. Ich fragte mich, warum Gott eine Zehnjährige sterben lassen wollte. Das war nicht fair, das war einfach nicht fair. Und dann fiel es mir ein: Ich hatte Pias Gummitiere gegessen. Pia, meine achtzehnjährige Schwester, die Einzige meiner vier älteren Geschwister, die noch bei meinen Eltern wohnte. Meine beliebte, engagierte, hübsche, fromme, hochintelligente Superschwester. Pia, die von unseren Eltern wöchentlich vor Alissa aufgepflanzt wurde als Standarte der Tugend.

»Alissa, nimm dir ein Beispiel an deiner großen Schwester«, sagten meine Eltern, wenn ich zerzaust, mit aufgeschlagenen Knien und zerrissenen Hosen vom Spielen mit den Jungs nach Hause kam. Keine Ahnung, warum, aber ich habe immer schon lieber die Spiele der Jungs gespielt. Irgendwie haben die mich akzeptiert, obwohl ich klein bin und blond und meine Körperkräfte sich leider in Grenzen halten. Immerhin bin ich drahtig und zäh und das ist im Prinzip auch ganz okay. Inzwischen glaube ich sowieso, dass der Unterschied zwischen Männern und

Frauen eher äußerlich ist und der Rest Erziehung – und die kann man ablegen.

»Pia hat sich noch nie die Knie aufgeschlagen. Pia ist eine richtige Dame.«

Natürlich nicht, dachte ich. Wie auch? Wer den ganzen Tag bloß in der Bude hockt und liest und sich außer in die Schule höchstens in die Gemeinde begibt, wo soll der sich verletzen?

Und pah, Dame! Dame wollte ich sowieso nicht sein. Piratinnen fand ich cool, aber Damen nicht. Damen saßen in Kleidern herum, in denen sie sich nicht bewegen konnten, Damen besuchten Benimmseminare, damit sie nicht mit dem Besteck auf dem Teller herumkratzten und von den anderen Gästen angestarrt wurden, Damen waren die perfekte Hilflosigkeit und damit beherrschten sie ihre Retter, und verdammt, Ma war eine Dame, aber so was von. Und Pia war auf dem besten Weg, genauso zu werden. Pia die Mutterkopie. In diesen Momenten hasste ich sie. Warum konnte ich nicht eine ganz normale Schwester haben, eine, die nicht so unendlich unerreichbar war wie Pia? Dabei machte sie selbst überhaupt kein Gewese um sich. Im Gegenteil! Wenn sie mitbekam, dass meine Eltern mir vorwarfen, nicht so zu sein wie sie oder meine anderen, schon ausgezogenen Familien gründenden Supergeschwister, verteidigte sie mich sofort, indem sie sagte:

»Ach, lasst sie doch!«

Jede andere große Schwester hätte sich sonst wie aufgespielt, aber nicht Pia. Pia war darüber erhaben, so wie sie über alles erhaben war. Und dafür liebte ich sie und gleichzeitig hasste ich sie noch ein wenig mehr, weil meine Hyperschwester so unglaublich super war, dass man sie nicht einmal für ein paar Augenblicke so richtig hassen konnte, ohne gleich ein furchtbar schlechtes Gewissen zu bekommen und sich noch kleiner und minderwertiger und bösartiger vorzukommen, als man sich ohnehin schon fühlte.

Aber zurück zu den Gummitieren: Pia hatte drei Tage zuvor Geburtstag gehabt und war mit Geschenken überhäuft worden. Und ich, ich hatte mit großen Augen danebengestanden und war leer ausgegangen. Im Prinzip war das okay, denn schließlich war es ja ihr Geburtstag und nicht meiner, und doch war ich irgendwie eifersüchtig und ich wusste, dass das nicht richtig war. Andererseits – bei Julius bekamen auch die Geschwister eine Kleinigkeit, wenn er Geburtstag hatte und umgekehrt, aber meine Eltern waren der Meinung, dass ein Kind möglichst bald lernen muss, dass es eben manchmal nichts gibt und außerdem waren sie der Ansicht, dass der Umgang mit Julius nicht gut für mich war und ließen mich nur ab und zu und dann höchst widerwillig zu ihm nach Hause. Schließlich tröstete ich mich damit, dass ich im Juni elf werden würde und dass das ja auch gar nicht mehr so lang hin war und dass Pia dann leer ausgehen würde.

Aber der Gedanke an Pias Geburtstagstisch ließ mich nicht los und am nächsten Tag, als sie noch in der Schule und ich schon zu Hause war, schlich ich mich in ihr Zimmer und starrte lange auf den Tisch, auf dem sie ihre Geschenke wie auf einem Altar drapiert hatte. Mein Herz pochte laut. In Pias Zimmer hatte ich nichts zu suchen. Ich lauschte auf die Geräusche im Haus. Ma fuhrwerkte irgendwo im Erdgeschoss mit dem Staubsauger herum und sonst war niemand zu Hause und ich war weit weg unter dem Dach. Gut. Fürs Erste war ich sicher. Vorsichtig strich ich mit den Fingern über Pias Sachen. Den pinkfarbenen MP3-Player, das Kreuz aus Rosenquarz, den Bücherstapel, den Blumenstrauß, das Plüschlamm, die Tüte mit den Süßigkeiten. Richtige Süßigkeiten gab es bei uns nur zu besonderen Anlässen. An Weihnachten und Ostern und wenn jemand Geburtstag hatte. Sonst nicht.

»Das ist schlecht für die Zähne und die Figur«, sagten meine Eltern.

Nur manchmal, wenn Ma einen guten Tag hatte, brachte sie aus dem Reformhaus oder aus einem dieser tausend Bioläden Kekse oder Schokolade mit, die wie Vollkornbrot und Schuhcreme schmecken.

Und jetzt stand da eine Riesentüte mit Schokolade, Keksen und Gummitieren, mit echtem Zucker, total ungesund und echt lecker. Ich liebte Gummitiere und Pia offensichtlich auch, denn von all dem Süßkram war nur die Tüte mit den Gummitieren geöffnet. Ich steckte die Nase in die Tüte und sog den künstlichen Geruch ein. Mit dem Finger fuhr ich die Stelle entlang, an der Pia die

Tüte aufgerissen hatte und die wie ein zum Schrei geöffneter Mund offen klaffte. Irgendwie obszön, aber hochhypnotisch. Ich schloss die Augen und griff einfach hinein. Ein Gummitier nur. Nur ein einziges wollte ich. Pia hatte so viele. Das würde überhaupt nicht auffallen.

Als meine Hand in die Tüte fuhr, drängten sich die Tiere enger zusammen, als wollten sie mir ausweichen und beieinander Schutz suchen. Meine Finger wurden immer länger und länger, und plötzlich erwischten sie eines, rissen es aus der großen Gummitierherde und als ich die Augen wieder zu öffnen wagte, lag ein orangefarbener Tiger in meiner geöffneten Handfläche. Ich lauschte wieder auf den Staubsauger, aber Ma war noch immer im Erdgeschoss zugange. Noch immer pochte mein Herz laut und heftig, aber der Tiger lag kühl und beruhigend und kunstorangig in meiner Hand. Schnell stopfte ich ihn mir in den Mund und auf einmal wollte ich mehr. Viel mehr. Kaum hatte ich den Tiger zerkaut und verschluckt, stopfte ich meine Hand erneut in die Tüte. Und noch mal und noch mal und noch mal. Alissa im Blutrausch. Eins und noch eins und noch eins, bis endlich die gesamte Gummitierherde niedergemetzelt war und der Tütenmund seine komische Öffnung anklagend in meine Richtung kräuselte. Wie viel Zeit war vergangen? Wieder lauschte ich auf den Staubsauger. Alles im grünen Bereich. Verdammt. Wieso nur hatte ich die gesamte Tüte vernichtet? Beschämt knüllte ich sie zusammen und ließ sie in meiner Hosentasche verschwinden. Auf Zehenspitzen balancierte ich aus Pias Zimmer zurück in mein eigenes und ärgerte mich über mich selbst.

Am Nachmittag kam Pia nach Hause und ich wartete darauf, dass sie mich auf die Gummitiere ansprach. Aber nichts. Nicht eine Silbe verlor sie über die verschwundene Tüte. Den ganzen Tag beobachtete ich sie. Aber Pia war wie immer. Ich beschloss, es ihr zu beichten.

Morgen.

Aber am nächsten Tag hatte ich den ganzen Tag das Gefühl, dass Pia mich aus den Augenwinkeln beobachtete und irgendwie traurig schien.

Jetzt! Sag es ihr, blöde Kuh!, sagte ich mir.

Aber ich schwieg. Irgendwie hatten sich die Wörter, aus denen ich am Abend zuvor eine echt überzeugende Ansprache zusammengebastelt hatte, sonst wo verkrochen und waren unauffindbar. Den ganzen Tag war mir irgendwie schlecht und ich schlich lustlos durch die Gegend und als ich beim Abendessen wieder diesen betrübten engelsgleichen Piaaugenwinkelblick auffing, wurde ich auf einmal sauer. Oh, so sauer war ich, dass ich sie aus heiterem Himmel anschrie: »Glotz nicht so blöd!«

Meiner Mutter fiel die Gabel aus der Hand.

»Alissa!«, rief sie aus.

Gut. Jetzt würde Pia alles erzählen und das war gut so. Dann würde es ein bisschen Streit geben und die Sache wäre vom Tisch.

Aber ich hatte wie immer meine Rechnung ohne Pia gemacht, denn Pia sagte gar nichts, dafür Ma:

»Du wirst dich jetzt sofort bei Pia entschuldigen.«

Ich: »Im Leben nicht!« und verschränkte meine Arme vor der Brust und Pia: »Ach, Ma, lass sie doch!«

Schon wieder dieser unerträgliche Edelmut. Mir war nach Kotzen.

»Gut. Wenn du dich nicht entschuldigen willst, dann gehst du jetzt auf dein Zimmer und denkst über dich nach.« Ma stand auf und räumte meinen halb gefüllten Teller in die Küche. Ich merkte, wie mir Trotztränen in die Augen schossen und ich einen ekligen Kloß im Hals hatte. Aber ich stand auf und verdrückte mich und dabei blieb es. Ich hatte mich nicht entschuldigt und Pia schwieg weiter in stiller und unerträglicher Duldsamkeit.

Und nun zwei Tage später hatte ich den Salat. Du sollst nicht stehlen. Siebtes Gebot. Dagegen hatte ich verstoßen und nun musste ich eben sterben. Aber jetzt würde ich auch nicht mehr nachgeben. Es war ja ohnehin alles versaut. Mit zittrigen Händen zog ich den Slip aus, duschte, stopfte ihn in die Hosentasche und ging nach draußen. Ich schlenderte ein wenig die Knaackstraße entlang und ließ den verräterischen Schlüpfer wie beiläufig in einen Mülleimer gleiten. Dann zog ich mich in den Volkspark zurück. Dafür, dass ich nur noch eine sehr begrenzte Zeit zu leben hatte, war ich erstaunlich ruhig. Und zum ersten Mal zweifelte Alissa Johansson an der Existenz Gottes. Was war das für ein Gott, der eine geklaute Tüte Gummitiere gegen ein zehnjähriges Leben setzte?

In den nächsten sechs Tagen beschäftigte ich mich intensiv mit dem Tod oder besser gesagt mit dem, was ich dafür hielt. Denn das, was ich vom Tod wusste, beschränkte sich auf Omis mehr oder weniger plötzliches Ableben vor zwei Jahren. Und eigentlich hatte meine Familie auch alles von mir ferngehalten. Alles, was ich mitbekommen hatte, war, dass Omas Unterleib blutete, zwei Besuche im Krankenhaus, eine sich entfärbende Großmutter und die Beerdigung, ein Loch im Boden, ein Sarg mit Blumen und die Behauptung, dass sie nun im Himmel war und es bald viel besser haben würde. Vielleicht würde ich es ja auch bald viel besser haben, aber eigentlich fand ich mein Leben gerade gar nicht so übel. Zumindest im Prinzip. Und außerdem hatte Omi ja vermutlich auch nicht gestohlen.

Und dann, sechs Tage später, gab es plötzlich kein Blut mehr und ich konnte mein Glück kaum fassen und dachte, das ist nun vielleicht eine Chance, die Gott mir gab, alles noch mal auszubügeln. Und an diesem Tag ging ich zu Pia und gestand ihr alles. Und Pia, sie riss mich an sich und küsste mich auf die Wange und schien richtig glücklich, steckte mir eine Tafel Schokolade zu und ich war ernstlich verwirrt, aber in diesem Augenblick liebte ich meine große Schwester wirklich sehr und dachte, ich müsse das glücklichste Kind der Welt sein.

Alice kichert. Sie kichert, wie weltfremd ich war und wie naiv. Auch über Gott kichert sie, denn Alices Gott ist ein ganz anderer.

Ich höre mich lachen. Vielleicht ist es auch Alice oder möglicherweise sind es auch wir beide, und gleichzeitig sehne ich mich zehntausend Jahre zurück, als ich noch Alissa war. Und nur Alissa.

Aber dann blutete ich wieder. Wieder erschrak ich, aber nicht mehr so sehr wie das erste Mal. Und diesmal ersparte ich es mir, die Slips in Berlins öffentlichen Mülleimern zu verteilen, sondern warf sie zusammen mit den anderen Klamotten in die Wäsche und wartete.

Und lange musste ich nicht warten. Schon am nächsten Tag kam meine Mutter mit dem Slip in der Hand wie mit einer Trophäe und einer Ernsthaftigkeit im Gesicht anmarschiert, die fast schon wieder komisch war.

»Alissaschatz?«

So stand sie vor mir und ich bedauerte auf der Stelle, die Öffentliche-Mülleimer-Strategie aufgegeben zu haben. Bei uns zu Hause wurden körperliche Dinge nicht gerade frei diskutiert und nun wedelte sie mit meinem Slip herum und ich wünschte mir das blöde Teil auf den Mond oder noch weiter weg und mich dazu. Meinetwegen brauchte sie sich jetzt nichts Tröstendes aus der Nase zu ziehen, ich wusste ja Bescheid. Dieser Gott, von dem sie immer in der Gemeinde redeten, er war nicht gerade ein gütiger.

»Morgen müssen wir einkaufen.«

Was für eine Ansage war das denn? Wozu noch was einkaufen? Mein Leichentuch oder was?, dachte ich.

»Und Pia nehmen wir mit«, fügte meine Ma hinzu.

»Pia???!!!«, sagte ich. »Was müssen wir eigentlich einkaufen?«

»Kind. Du brauchst einen Büstenhalter. Jetzt, wo du deine Periode bekommen hast.«

Periode? – Nee, oder?!, dachte ich und musste mich echt beherrschen, um mir nicht mit der flachen Hand auf die Stirn zu schlagen. Und wieso einen BH? Einen BH für nichts.

»Aha, okay«, nuschelte ich und verbarrikadierte mich im Bad. Dort riss ich mir die Klamotten vom Leib und vor dem Spiegel untersuchte ich jeden Quadratzentimeter meines Körpers.

Wie dämlich kann man eigentlich sein?, fragte ich mich. Schon die ganze Zeit hatte ich mich gewundert, dass neuerdings Haare an Stellen wuchsen, wo ich noch nie welche hatte. Krebs! Mann, wie doof! Argwöhnisch betrachtete ich das Dreieck zwischen meinen Beinen, wo sich ein dunkler Flaum gebildet hatte, und mein Blick wanderte weiter an mir hinauf, bis er sich an meine Brust heftete. Eine leichte Wölbung war dort entstanden. Eine Ahnung von Igelschnäuzchen. Oh Gott, wenn das jetzt mit zehn schon anfing, wie groß würden die dann noch werden? Verdammt. Und das, wo ich doch sowieso schon immer viel lieber ein Junge gewesen wäre und mit diesem ganzen Frauenscheiß so dermaßen überhaupt nichts am Hut hatte ...

»Haha«, lacht Alice. »Dafür haste aber nichts ausgelassen, du Königin der Oberfrauenscheiße!« Und ich: »Halt's Maul, ich will da nicht mehr dran denken. Es ist vorbei.« Und Alice: »Glaub du nur, dass es vorbei ist ...«

Und dann, am nächsten Nachmittag, standen sie bereit, Pia und Ma, eskortierten mich in die U-Bahn und dann ins KaDeWe. Musste es ausgerechnet das KaDeWe sein? All das Geglitzer und Gefunkel, Touristen, die sich orientierungslos an den Auslagen vorbeischoben und dumm glotzten, die abgestandene Kaufhausluft, mir war übel und ich hätte sonst was dafür gegeben, jetzt allein im Volkspark zu sein. Geräuschattacke hier, Geruchsattacke dort. In der Parfumabteilung dachte ich echt, dass ich gleich aus den Latschen kippen würde.

Endlich standen wir vor endlosen Ständern mit Unterwäsche, und als Ma nach einem weißen BH griff und ihn mir vor den Latz hielt, hastete sofort eine Verkäuferin herbei und versuchte sie davon abzubringen, schleppte Unmengen von rosa Teilen mit und ohne Spitze und mit und ohne ach so lustigen Figuren an und faselte etwas von altersgemäßer. Ma winkte ab und in der ihr eigenen undiplomatischen Art machte sie dem Verkaufstalent klar, dass sie rosa Unterwäsche vollkommen geschmacklos fand, und ich wünschte mir ein Loch in den Boden, das am besten bis Australien ging und durch das ich hindurchfallen könnte, um am anderen Ende der Welt aus diesem lächerlichen Albtraum zu klettern und mir stattdessen Kängurus vor dem Ayers Rock anzusehen. Irgendwie stand ich ja im Mittelpunkt dieser unnützen und mehr als unseligen Aktion, aber seltsamerweise hielt es niemand für nötig, mich nach meinen Wünschen zu befragen. Gut, ehrlich gesagt war ich in diesem Moment auch mehr als wunschlos, außer dass ich hier so schnell wie möglich wieder rauswollte. Pia hatte sich entfernt und kam kurze Zeit später mit einem hellblauen Etwas an, das sie mir erwartungsfroh hinhielt.

»Haben Sie was in Dunkelgrün?«, wandte ich mich schließlich an die Verkäuferin, aber die zuckte bedauernd mit den Schultern.

»Nein, Dunkelgrün hat man in dieser Saison gar nicht.«

Schon klar. Ich hatte keine Ahnung. So was von keine Ahnung. Alissa, das Alien vom Planeten Jesus. Na ja, gut, so krass habe ich das damals wahrscheinlich nicht gedacht. Aber irgendwie so.

»Aber vielleicht was Schwarzes?«, bohrte ich nach, aber Ma bog das gleich ab.

»Nein, Schwarz auf keinen Fall. Das finde ich unhygienisch.« Unhygienisch! Allein wie ich dieses Wort schon hasste. Was zur Hölle war an Schwarz »unhygienisch«?

War es hygienisch, wenn man jeden Fleck sah, oder was? Wütend verschränkte ich die Arme vor der Brust und kapitulierte, während meine Ma, Pia und die Verkäuferin sich schließlich auf ein Häuflein Wäsche in Lachsfarben, Pastellgelb und Blasslila einigten. Dann bugsierten sie mich in eine der plüschigen Umkleidekabinen und drückten mir die farbgewordenen Albträume in die Hand. Die Verkäuferin zog den Vorhang zu und dann stand ich da. Es wollte mir durchaus nicht in den Kopf, weshalb ich *das* überhaupt anprobieren sollte. Unter keinen Umständen würde ich mit diesem Scheiß herumlaufen, auch wenn es keiner sah. Allein das Bewusstsein, *so etwas* drunterzuhaben, würde mich daran hindern, das Haus zu verlassen. Widerwillig streifte ich meinen Pulli und das Unterhemd ab und als ich da so halb nackt vor dem Spiegel stand, riss die Verkäuferin ohne Vorwarnung mit den Worten »Und passt es?« den Vorhang auf. Ich zuckte zusammen und hielt mir schnell den Pulli vor die Brust, dieses lächerliche Nichts, das mir so viel Ärger einhandelte, und schämte mich sonst wohin. Wortlos und wütend zerrte Alienalissa am Vorhang, um ihre Privatsphäre zurückzugewinnen, aber Ma hielt ihre Hand dazwischen und kam in die Kabine.

»Jetzt stell dich doch nicht so an«, zischte sie, schloss den Vorhang und presste mich in eines der albernen Dinger. Als ich mich im Spiegel sah, hätte ich fast laut aufgelacht.

»Du darfst dir zwei aussuchen«, sagte Ma, die sich

sichtlich in ihrer Rolle wohlfühlte. Na danke auch. Das war wie eine Wahl zwischen Fußpilz und Durchfall. Trotzdem deutete ich auf das blasslila und lachsfarbene Ding, zog mich schnell an und sah zu, dass ich aus dieser überheizten, nach Schweiß und Textilchemie stinkenden Hölle kam.

So war das. Meine Pubertät begann in Blasslila und Lachsrosa und das ist dann auch schon das einzig Berichtenswerte. Ansonsten blieb alles wie immer. Na ja, nicht ganz. Auf einmal machte Ma ein Riesengewese darum, wenn ich mit den Jungs, vor allem mit Julius, unterwegs war. Und wenn ich ihren Fängen mal entrinnen konnte, war gleich die Hölle los, wenn ich nicht pünktlichst um achtzehn Uhr vor der heimischen Tür stand. Was dachte sie sich? Unglaublich, ich war elf und Ma malte sich vermutlich sonst was aus.

Nach einer Weile hatte Ma es dann auch tatsächlich geschafft, meinen besten Freund Julius aus meinem Leben zu vertreiben. Aber zumindest in der Schule blieb alles beim Alten. Ich blieb die lebende Unscheinbarkeit. Mittelgroß, okay, eher mittelklein, nicht winzig, aber klein, mittelblond, mittelschlau. Alissa, Mittelmaß aller Dinge. Offenbar war ich nicht unbeliebt, aber großartig Freunde hatte ich auch keine, und nachdem Ma Julius endgültig aus meinem Leben verscheucht hatte und die Jungs aus der Gemeinde anfingen, sich komisch zu haben, wenn ich sie irgendwo traf, ließ ich das auch bleiben. Na ja, und die Mädels dort, die waren wie Pia. Und Rosa und Edelmut und weibliche Demut hatte ich ja nun weiß Gott genug zu Hause.

Um die Sache auf den Punkt zu bringen: Mein Leben war nun nicht eben die Hölle, aber die pure Ödnis: Frühstücken, Schule, in der Mittagspause schnell nach Hause, Nachmittagsunterricht oder irgendwelche freiwilligen AGs und danach sah ich Architekten-Pas BMW schon von Weitem auf dem Besucherparkplatz lauern. Alissa wurde eingesackt und anschließend am Familienesszimmertisch aus urwaldfreundlicher, unbehandelter und umweltengelgeölter Kiefer ausgespien, Abendessen, Hausaufgaben, schlafen gehen. Aus diesen sieben Takten bestand mein Leben und meine wohlmeinenden Eltern waren das unerbittliche Metronom, das mir ihren Rhythmus ins Hirn schlug. Tick. – Tack. Tack. – Tick. – Lange. – Weile.

Und am Wochenende das Ganze ohne Schule. Dafür mit der gesamten Großfamilie. Dann rückten meine übrigen Geschwister an. Salomon und Rabea und Emmanuel samt Anhang. Meine anderen Supergeschwister, fast so perfekt wie Pia. Und dazwischen – Na-ja-Alissa. Das hatte Ma am Telefon mal zu ihrer Freundin gesagt. »Ach, Susanna. Alissa? – Na ja«, hatte sie gesagt und geseufzt. Als ob es nicht reichte, schon vier andere schöne, rechtgläubige, erfolgreiche, wohlhabende und fruchtbare Kinder in die Welt gesetzt zu haben. Da kann doch auch mal ein blondes, blödes schwarzes Alissa-Schaf dabei sein. Oder nicht? Und ab und zu fuhren wir auch zusammen irgendwohin am Wochenende und im Urlaub trafen wir uns in großen Ferienhäusern in schönen Landschaften: Und manchmal war es wirklich schön, aber nur manchmal. Meine Familie war sich selbst genug. Sie waren ja ohnehin die Besten. Warum sich also mit dem Bodensatz des Lebens abgeben?

Ich weiss nicht, in welchen armseligen Löchern die Jahre und Monate und Wochen versickert sind. Meine Gedanken irrlichtern durch die Zeit und suchen nach irgendetwas Außerordentlichem und können nichts finden außer ein Boot aus Langeweile, mit dem Alissa kaum vorwärtskommt auf dem zähen Strom der Erinnerung. Mein Gott. Fünf Jahre können doch nicht so einfach erinnerungsspurlos verschwinden?

Naturwissenschaften interessierten mich ohne Ende. Physik, Chemie, Mathe, Bio – all das fraß ich in mich hinein. Ein Nerd war ich. Und spleenig.

»Du wirst bestimmt mal Gerichtsmedizinerin oder so was«, hatte mal jemand aus der Klasse gesagt. Und ja, auf Sprachen und Kultur und das ganze Zeug pfiff ich, aber alles, was auch nur im Entferntesten auf Naturgesetzen beruhte, faszinierte mich. Aber am allermeisten interessierte mich Astronomie und alles, was sich mit der Entstehung des Universums auseinandersetzte.

Das führte aber dazu, dass ich begann, die Bibel recht fragwürdig zu finden. Naturwissenschaften und Gott vertragen sich nicht besonders. Keine Ahnung, ob es einen Gott gibt, aber wenn, dann hat er die Erde tausendprozentig nicht vor ein paar Tausend Jahren an sieben Tagen geschaffen. Jahrmilliarden hat es gedauert, bis die Erde so wurde, wie sie jetzt ist. Und das Universum ist noch viel älter und es dehnt und dehnt sich aus. Immer und immer weiter. Die Erde ist nichts, verglichen mit dem Universum. Ein kleiner Planet am Ausläufer eines Spiralarms einer recht unbedeutenden Galaxie mit Lebensformen, die alles dafür tun, sich möglichst bald wieder abzuschaffen. Wie konnten die in der Gemeinde ernsthaft annehmen, dass das der Mittelpunkt der Schöpfung war? Wie konnte meine gesamte Superhirnfamilie so einen Scheiß glauben? Das war doch nicht normal. Und je mehr ich in die Sterne blickte, desto mehr hasste ich die Zusammenkünfte in der Gemeinde. Gelebte Engstirnigkeit, geistige Behinderung, weil man mit der wahren Größe des Universums nicht zurechtkam, weil der Mensch universumstechnisch in etwa die Bedeutung einer Kakerlake hatte. Allerhöchstens.

Und ich, ich fühlte mich wie ein Insekt, dessen Weichteile größer und größer wurden, aber dessen Chitinpanzer nicht mitwuchs. Meine Familie, die Gemeinde, all das, was früher so eine Art Exoskelett meiner Existenz gewesen war, blieb so eng und klein wie immer, und das nahm mir täglich mehr den Atem, während meine Weichteile schmerzhaft gegen den Panzer anquollen. Das Gefühl, bald zu platzen. Five, four, three, two, one, zero. Explosion. Und boom. Alissa, die tickende Zeitbombe.

Wie sehr innen und außen inzwischen nicht mehr zusammenpassten, zeigte sich an meinem vierzehnten Geburtstag. Ich weiß, Ma handelte in allerbester Absicht, als sie darauf bestand, dass ich diesen feiern sollte. Natürlich durften die Leute, die ich gerne eingeladen hätte, nicht kommen. Julius zum Beispiel. Stattdessen bekamen alle Mädchen aus der Gemeinde, die ungefähr mein Alter hatten, eine von Ma persönlich am Computer zusammengestellte Einladungskarte, auf der ein Gesteck aus rosa und hellblauen Blumen prangte und auf der mit einem schnörkeligen Font »Du bist herzlich eingeladen« stand. Und ich wurde genötigt, die jeweiligen Adressatinnen per Hand vorne einzutragen und innen auf der Karte ein Autogramm zu hinterlassen. Und weil Na-ja-Alissa ja auch nicht undankbar sein wollte, tat sie das. Sie tat das, aber ohne alle Herzlichkeit.

Und dann saßen sie um unseren großen Esszimmertisch, diese sechs Mädchen, von denen meine Mutter gerne gesehen hätte, dass ich mit ihnen befreundet gewesen wäre. Lara und Laura und Frida und Elisabeth und Johanna und Josefine.

Ma kam mit der Torte herein und die Mädchen klatschten artig und ich blies die vierzehn Kerzen auf einmal aus und wieder klatschten sie und das ging mir ganz gewaltig auf die Nerven. Als wäre das so ein Ding, vierzehn Kerzen auszupusten. Missmutig mampfte ich ein Stück meiner Lieblingstorte in mich hinein und schwieg, während die anderen schon ganz genau wussten, dass sie mit Mitte zwanzig heiraten und wie viele Kinder sie eines Tages bekommen und wie ihr Haus eingerichtet sein würde.

»Und du, Alissa? Wie viele Kinder willst du?«, fragte mich Laura. Oder vielleicht war es auch Lara. Ich konnte mir noch nicht einmal ihre Namen merken, so egal waren sie mir.

»Keins«, sagte ich.

Auf einmal herrschte Totenstille am Tisch.

»Wie? Keins? Warum denn nicht?«

»Weil ich«, begann ich und stieß meine Kuchengabel ungeduldig in mein Tortenstück, »nicht will.«

Alle starrten mich an.

»Aber du bist doch ein Mädchen! Das ist doch deine Bestimmung«, protestierte Josephine oder Johanna oder Frida oder Elisabeth.

Ich zuckte mit den Schultern. »Pfff! Bestimmung! Wir sind auch nicht dafür bestimmt zu fliegen und trotzdem hocken wir uns in Flugzeuge.« Ich schob mir ein Stück der malträtierten Torte in den Mund. »Außerdem habe ich mir das nicht ausgesucht, ein Mädchen zu sein und wenn ich die Wahl gehabt hätte, wäre ich ein Junge geworden. Und zweitens, nur weil ich es könnte, heißt das noch lange nicht, dass ich Kinder kriegen *muss*. Das nennt sich Freiheit. Das ist Fortschritt. Ohne den würden wir noch immer auf den Bäumen leben!«

Und boom! Die Bombe war geplatzt. Lara und Laura und Elisabeth und Frida und Johanna und Josefine sahen erst mich und dann sich gegenseitig an.

Irgendwas in mir triumphierte. Ich hatte einen Skandal verursacht. »Und außerdem finde ich Kinder doof«, schob ich hinterher.

»Alissa! Was erzählst du denn da?« Superma hatte sich heimlich aus der Küche angeschlichen. »Du warst auch einmal klein.«

»Ja. Na und? Aber du findest Kinder ja auch nicht doof, oder? Dann ist es doch schön, dass du fünf hast. Vier wohlgeratene und ein entartetes ist wohl zu verschmerzen.«

Tja, da hatte Na-ja-Alissa mal wieder den Bock abgeschossen. Und Ma schämte sich für ihre jüngste Tochter. Aber sie wäre nicht Superma gewesen, hätte sie das nicht gekonnt überspielt. Also blies sie zum Topfschlagen. Und ich wäre nicht Na-ja-Alissa gewesen, wenn ich meine wahre Meinung verschwiegen hätte. Na dann viel Spaß! Ich verkroch mich aufs Klo, den einzigen Ort, an dem man in diesem Haus zumindest für einige Zeit seine Ruhe haben konnte. Topfschlagen! Ich war vierzehn geworden und nicht fünf.

Aber Ma zog ihr Programm zielstrebig durch und dem Gekicher nach hatten die anderen auch ohne mich ihren Spaß. Und das Alien lag auf dem Badvorleger und hatte ein solches Heimweh nach einem ganz anderen Universum, dass es verdammt wehtat. Einem Universum, das ganz, ganz, ganz weit weg und ganz, ganz, ganz anders war.

Später wurde ich dann doch noch gezwungen, die Reise nach Jerusalem mitzuspielen und Blindekuh und ich war voller Verachtung. Und weil ich so voller Verachtung war, ließ ich auch alle spüren, dass ich sie blöd fand, sprach sie extra mit falschen Namen an, und als es dann auch noch zum Abendessen Hamburger mit Gemüsebratlingen gab – und das, obwohl Ma ganz genau wusste, wie sehr ich Gemüsebratlinge hasse, aber es waren ja zwei Vegetarierkinder da und auf die musste Rücksicht genommen werden, es war ja nicht so, dass es vielleicht mein Geburtstag war, nein, – schloss ich mich in mein Zimmer ein und kam erst am nächsten Morgen wieder hervor.

Das war dann auch der letzte Alissa-Geburtstag, der derartig im Hause Johansson begangen wurde. Mein fünfzehnter wurde im Schoße der Familie gefeiert und das war zwar langweilig, aber wenigstens nicht blöd.

Und dann auf einmal brach das Leben, das echte Leben in meine Existenz. Erst schleichend, langsames Crescendo, dann mit so viel Wucht, dass es mich echt aus den Schuhen haute.

Alles begann mit Tara und letztlich endete es auch mit ihr.

Ich fange schon wieder an zu heulen. Das Krokusland zerfließt in eine weiß-gelb-lilafarbene Welt mit grünen Rändern. Alice zieht die Brauen zusammen und spuckt verächtlich vor mir aus. Klar, begonnen hat es mit Tara, aber vorbei ist nichts. Und vielleicht hat Alice ausnahmsweise einmal recht. Jetzt nichts fühlen zu müssen, dieses Nichts, die Erlösung auf Zeit. Es sind nur drei Stunden bis zum Kottbusser Tor ...

Tara. Pitchblack Angel. Angels fall first, denke ich und schon habe ich einen Ohrwurm. Ich stöpsel die Kopfhörer ins Netbook ein und tauche ab in dieses Album von »Nightwish«. So schön. So kitschig. Bittersweet symphony. Aus den Trümmern des Schlagzeugs erhebt sich Tara. Tara, so wie ich sie das erste Mal sah.

Alien meets Angel: Dass ihre Schwingen damals schon angebrochen waren, habe ich erst sehr viel später kapiert. Tara, die eines Tages mitten im Spätherbst aus irgendeiner bizarren Dimension hinein in unsere Schulödnis gestürzt war. Das Alien in mir starrte dieses Geschöpf, das alles hatte, was meine Familie verachtete, mit großen insektigen Alissaaugen an: Nasenpiercing, über eine Silberkette mit ihrem rechten Ohr verbunden, Katzenaugen, aber huskyblau, Boots bis übers Knie und Netzstrümpfe, die irgendwo unter einem superkurzen Nietenröckchen verschwanden. Die Evil-Version-of-Liv-Tyler hatte die Schmidt im Schlepptau oder eher umgekehrt, und ich weiß nicht, was in mich gefahren war, ich dackelte einfach hinterher. Schließlich war sowieso gerade Pause. Wenn Ma das gesehen hätte, die hätte die gleich für eine Abgesandte aller Höllenschlunde gehalten. Ich musste grinsen. Vor der 12a blieben sie stehen. Und ich auch.

»Das mit deinen Eltern tut mir wirklich leid, Tara«, sagte die Schmidt und Tara schien ein wenig in sich zusammenzusacken, »aber ich hoffe, dass du dich hier an unserer Schule bald eingelebt haben wirst.«

Tara nickte wortlos. Dann rang sie sich doch noch ein »Danke« ab.

Die Direx lächelte ihr aufmunternd zu. »Na, ich muss dann mal. Du schaffst das schon.« Damit ließ sie sie stehen und stöckelte in Richtung Direktorat davon.

Tara hockte sich auf einen der Tische, ließ ihre langen Netzstrumpfbeine baumeln und schielte hin und wieder mit hochgezogenen Brauen in Richtung Tür. Auf einmal sprang sie von ihrem Platz auf und kam mit einer fast übermenschlichen Geschwindigkeit auf mich zugestürzt. Ich wich zurück wie vor einer Erscheinung, konnte aber einfach nicht aufhören, sie anzuschauen.

»Sag mal, was für ein Problem hast du eigentlich, hm?« Sie beugte sich zu mir herunter und fasste mich unsanft am Kinn. Angel meets Alien: »Warum zur Hölle starrst du mich so an?«

»Ich ... ich ...«, weiter kam mein Hirn nicht. Ich wusste doch selbst nicht, warum ich mich benahm wie der letzte Vollidiot. Tara ließ mich los und ich rannte davon.

»Du hast sie ja wohl nicht mehr alle«, rief Tara hinter mir her, aber ich sah mich nicht mehr um. Es klingelte zur nächsten Stunde. Erlösung. Ich lief ins Klassenzimmer und ließ mich auf meinen Stuhl fallen. Mann! Die hatte sie ja wohl selbst nicht mehr alle. Trabte hier durchs Schulhaus wie Vampiria höchstpersönlich und wunderte sich dann, wenn sie auffiel. Das wollte die doch nur. Auffallen. Und nur weil ich mich zwei Köpfe und drei Klassen unter ihr befand, war das noch lange kein Grund, mich so blöd am Kinn zu packen.

»Alissa, welchen Wert hat also x?« Die Kubitzki stand auf einmal hinter mir und ich hatte noch nicht mal meinen Kram ausgepackt. Ich merkte, wie ich rot wurde und halb in meiner Tasche versank und nach meinem Matheheft tauchte.

»Alissa ist offenbar noch nicht ganz bei uns«, sagte sie und die Speichellecker aus der ersten Reihe lachten. »Vielleicht kann uns jemand anderes sagen, was x ist?!«

Die Kubitzki konnte ich überhaupt nicht leiden, obwohl ich Mathe mochte. Als ich das Buch endlich aus der Tasche geangelt hatte, ließ ich es genervt auf den Tisch fallen und der ohnehin schon dünne Kubitzkimund verzog sich zu einem messerscharfen Strich und die Kubitzkiaugen warfen mir einen bitterbösen Blick zu, trotzdem ließ sie mich für den Rest der Stunde in Ruhe.

Nach dieser ersten Begegnung mit Tara sah ich sie eine ganze Weile nicht mehr wieder. Ich fand das seltsam, denn die Räume für die Zwölften lagen im gleichen Trakt nur ein Stockwerk über unseren und da hätten wir uns eigentlich ab und zu mal im Treppenhaus begegnen müssen. Aber irgendwie war ich ganz froh. Das war ja voll die hysterische Zicke. Nur weil ich mal geguckt hatte, hier gleich ihre Kinnnummer durchzuziehen. Da konnte ich echt drauf verzichten.

Aber das Komische war, dass ich immer wieder von Tara träumte. Das war doch wirklich absurd. Hatte das Alien ein Trauma? Haha! Aber was soll's? Manchmal ist das Leben eben einfach nicht zu verstehen und Träume schon gar nicht. Da wird den ganzen Tag irgendwas in das Hirnsieb gespült und manches fällt durch und anderes eben nicht und der ganze Scheiß wird noch mal ordentlich verrührt, und keiner weiß, warum.

Doch dann, ein paar Monate später, es fing gerade an, Frühjahr zu werden, schon Krokusland draußen, passierte etwas, das echt strange war.

Wir hatten Schwimmen gehabt und alles strömte aus der Chlorhölle in den miefigen Umkleideraum. Es war einer dieser lahmen Tage, die ich manchmal hatte und an denen alles zehnmal so lange dauerte und nichts klappte. Ich trödelte, quatschte mich mit Roxana fest, die gerade genauso untertourig war wie ich. Aber schließlich wurde ihr kalt und sie machte, dass sie rauskam. Und ich, ich duschte eine halbe Ewigkeit, um dieses ganze Chlorzeugs abzuspülen, danach hatte ich eine Freistunde, und als ich mich endlich von der Dusche trennen konnte, war ich allein. Ich trabte zu dem Haken, an den ich meine Klamotten aufgehängt hatte. Doch der Haken war leer.

Na so was, dachte ich. So langsam wirste bei lebendigem Leib bescheuert.

Dann zuckte ich mit den Schultern. Man kann sich ja mal im Haken irren. Ich sah mich im Raum um, und soweit ich das im Halbdunkel dieses Fliesenlabyrinths ausmachen konnte, waren alle Haken leer. Ich knipste die Neonröhren wieder an, die die Gatzke schon in ihrem Sparwahn ausgeschaltet hatte, und schlich durch die Reihen, sah auf jeder Bank nach und darunter. Unter der hintersten fand ich zumindest meine Tasche, aber meine Klamotten blieben verschollen. Na prima! Das gab es doch gar nicht. Ratlos stand ich in mein Handtuch gewickelt da und so langsam breitete sich eine prächtige Gänsehaut über meinem gesamten Körper aus. So konnte ich unmöglich rüber in die Schule gehen. Mist! Welche Vollidiotin hatte meine Klamotten eingepackt? Und kein Schwein war mehr da, niemand, von dem ich mir irgendetwas zum Anziehen hätte borgen können. Ich wühlte in der Tasche nach meinem Handy, um Ma anzurufen, damit sie mir was vorbeibrachte, auch wenn sie nur wieder die Augen verdrehen und »Ach, Alissa …!« sagen würde. Und muss ich es erwähnen? Nein, mein Handy war natürlich auch weg. Das bekloppte Alien hatte es einfach vergessen. Ich ließ mich auf eine der Bänke fallen und versuchte, ruhig zu bleiben. Mann, war das alles beschissen.

Auf einmal hörte ich Lachen von draußen und ich glaubte Elias' Stimme zu erkennen. Elias! Nee, oder? Diese Vollidioten werden doch nicht ... ? dachte ich. Und dann wurde ich plötzlich richtig wütend, sprang auf und rannte zur Tür, riss sie auf und stand mit meinem albernen Handtuch Elias' Clique gegenüber.

»Hey, hey, geile Titten, Schätzchen!«, rief Elias und die anderen pfiffen und johlten und Erik wedelte mit meiner Jeans und Franz mit meinem Pulli. Ich ging einen Schritt auf Erik zu und griff nach meiner Hose, aber in diesem Moment warf er sie zu Lukas. Ich wandte mich zu Franz um, um wenigstens meinen Pulli zu ergattern, aber Franz war zwei Köpfe größer als ich und hielt den Pulli einfach nur hoch, und ich hing wie ein Pinscher an ihm und griff ins Leere. In diesem Augenblick löste sich der Knoten meines Handtuchs und das dämliche Teil glitt vor mir auf den Boden. Vor Wut und Scham zitternd versuchte ich gleichzeitig, meinen Körper mit den Armen zu verdecken und nach dem Tuch zu greifen. Irgendwie gelang mir das und ich stürzte mich in blinder Wut auf Elias und hieb auf ihn ein, aber der und seine Speichellecker lachten sich nur schlapp. Und ich wurde immer wütender und fühlte mich so beschissen schwach und gedemütigt und am liebsten hätte ich geheult, aber das ging ja gar nicht. Würde bewahren, blöde Kuh!, befahl ich mir.

»Hey, ihr Fickgesichter!«, rief auf einmal jemand aus dem Off, und als sich Elias nach der Stimme umdrehte, erwischte ich ihn mit meiner Faust am Auge. Er stöhnte kurz auf, seine Augen wirkten auf einmal feucht, sehr gut, ich hatte ihn richtig erwischt, aber so schnell konnte ich gar nicht gucken, hatte er mir den Arm auf den Rücken gedreht. Ich zappelte blöd herum, um ihn abzuschütteln, aber je mehr ich mich bewegte, desto heftiger wurde der Schmerz und ich dachte echt, der Typ würde mir gleich den Arm brechen.

»Lass sie sofort los, du Arsch!« Und da stand er, mal wieder plötzlich aus irgendeinem Himmel gefallen, flügellos und netzbestrumpft, the pitchblack Angel.

»Oh, Dracula persönlich gibt uns die Ehre. Zerfällst du nicht zu Staub um diese Zeit?«, grinste Lukas.

Tara ignorierte ihn und ging auf Elias los.

»Verpiss dich, Blutsauger!«

»Träum weiter. Eher würde ich Rattenblut trinken, als mich von solch einem Geschmeiß wie dir zu ernähren«, schnaubte Tara und trat ihm mit solcher Wucht in die Kniekehle, dass er strauchelte und kurz seinen Griff lockerte. Ich riss mich los und Elias fluchte. Dann stürzte er sich auf Tara.

»Was mischst du dich eigentlich ein, du Opfer?«

»Pfff! Mit gerade mal 'ner halben Hirnwindung mehr als ein Brötchen ist noch die Frage, wer hier das Opfer ist, Fickgesicht!«

Tara und Elias standen sich gegenüber. In ihren Stiefeln war sie einen Kopf größer als er und blickte gelangweilt auf ihn herab. Erik, Franz und Lukas bekamen die Münder gar nicht mehr zu und schienen zur Salzsäule erstarrt zu sein. Ich nutzte die Gelegenheit, ihnen meine Klamotten zu entreißen und mir das Handtuch wieder umzuwickeln und zu meiner allergrößten Verwunderung ließen sie mich einfach machen.

»Du glaubst doch wohl nicht, dass ich mich mit Mädchen prügle?«, sagte Elias schließlich.

Tara zuckte mit den Schultern. »Dann halt nicht, Fickgesicht.« Betont gleichgültig musterte sie ihre dunkelblau lackierten Nägel.

»Lukke, Ricke, Franze, glotzt nicht so dämlich. Die Nutten haben sie ja nicht mehr alle. Rückzug«, sprach's und marschierte davon. Und Lukas, Erik und Franz klappten ihre Kiefer wieder zusammen und trotteten kopfschüttelnd hinterher.

Tara hatte die Arme in die Hüften gestemmt und schüttelte sich vor Lachen. »Was waren denn das für Mongos? Gehen die in deine Klasse?«

Ich nickte.

»Haste öfters Stress mit denen?«

»Ach, mit denen hat jeder mal Stress.«

»Kann ich mir vorstellen. Primaten!« Tara spuckte aus, dann meinte sie: »Sag mal, willst du jetzt den ganzen Tag so rumlaufen?«, und ihre Augen glitten an mir herab und blieben an meinem unseligen Handtuch hängen.

Ich merkte, wie ich rot wurde und hörte mich »Äh, ja, nee« stottern. Hastig ging ich zurück in den Umkleideraum und schlüpfte in meine Kleider. Ich hatte angenommen, dass Tara mir folgen oder an der Tür auf mich warten würde, aber als ich mich nach ihr umdrehte, stellte ich fest, dass ich allein im Raum war. Mist! Ich hatte mich ja noch gar nicht bedankt bei ihr, fiel mir ein, lief zurück zur Tür und riss sie auf. Aber der pechschwarze Engel war schon wieder verschwunden.

Als ich am Abend im Bett lag, wälzte ich mich von einer Seite auf die andere. Die Sache im Schwimmbad ließ mich einfach nicht los. Warum hatte mir Tara geholfen, wo sie mir bei unserer letzten Begegnung noch am liebsten den Kopf abgerissen hätte? Ich verstand das alles nicht. Und warum war sie gleich wieder so schroff geworden, nachdem sie die Spackos in die Flucht geschlagen hatte? Die hatte doch echt einen an der Klatsche. Aber irgendwie fand ich sie toll ...

Und dann, am nächsten Tag in der Pause, da stand sie vor mir in der Schlange beim Bäcker. Das war meine Chance. Ich stupste sie leicht von hinten an.

»Hey, Tara!«

»Was?« Sie drehte sich um und sah genervt auf mich herab.

»Danke.«

Tara machte eine Bewegung mit dem Kopf, die ich nicht deuten konnte.

»Komm, komm, komm, Mädchen, du hältst ja den janzen Betrieb uff.« Der dicke Bäcker mit der glänzenden Glatze hatte die Hände in die Hüften gestemmt und eine dicke Schweißperle rann über sein gerötetes Gesicht.

»Näss dich mal nicht ein, Mann. Du verdienst hier schon noch genug.«

»Du Rotzjör! Wenn icke dir keene Schrippen ma vakoofn tät, tätste kieken.«

»Ick würd's übaleben. Dit kannste ma gloobn«, äffte sie ihn nach und anstatt irgendwas zu kaufen, ging sie einfach weg.

»Und du? Willste ma och beschimpfen?«, wandte er sich an mich.

Aber statt einer Antwort ließ ich ihn stehen, trabte Tara hinterher und aus den Augenwinkeln sah ich noch, wie er den Kopf schüttelte und irgendwas vor sich hin murmelte.

»Tara! Jetzt wart doch mal!«, rief ich ihr hinterher, weil sie völlig unbeirrt weitergestiefelt war.

»Was denn noch?« Genervt warf sie ihren Kopf zurück und ihre Mähne schwang dekorativ mit. »Hab ich mir dich jetzt eingetreten, oder was?«

»Ja«, sagte ich und grinste schief.

»Na toll! Das hat man dann von seiner beschissenen Zivilcourage.« Tara drehte die Augen zum Himmel, aber dann lachte sie laut auf. »Du bist vielleicht ein seltsames Geschöpf. Wenn Ned Flanders eine Tochter hätte, wärst du das, aber verpasst hier eurem Klassenarsch gleich ein Veilchen.« Sie verfiel in ein Kichern und konnte gar nicht mehr aufhören.

»Wer ist denn Ned Flanders?«, fragte ich. Taras Kichern erstarb und sie starrte mich kopfschüttelnd an.

»Du fragst mich allen Ernstes, wer Ned Flanders ist, ja?«
Ich nickte.

»Hallo??? Die Simpsons.« Und nach einer kurzen Weile: »Sagt dir jetzt nix, oder?«

»Doch, schon mal gehört. Aber meine Eltern haben keinen Fernseher.«

»Ich glaub's nicht. Von welchem Planeten kommst du denn? Gehörste zu den Zeugen Jehovas, oder was?« Und dann sang sie: »Junge Christen unterwegs mit Fanta und mit Butterkeks ...« Plötzlich hörte sie auf und sagte: »Ist von Funny van Dannen. Na ja, aber vermutlich kennste den auch nicht, aber ist auch egal.«

Da war es wieder. Alissa das Alien.

»Hey, sag doch mal, gehörst du irgend so einer abgespacten Sekte an?«

Und auf einmal stieg Ärger in mir auf, heiß und bitter und stinkend, und dann kam sie mir hoch, die Wortkotze.

»Du findest dich wohl ganz toll, was? Stiefelst hier herum mit deinen ach so coolen Boots und trampelst auf allem herum, was dir nicht in den Kram passt. Und – mein Glaube geht dich gar nichts an!« Und nachdem das alles aus mir herausgebrochen war, drehte ich mich um und ging. Toll! Mein Glaube! Was denn für ein Glauben, verdammt?!

Am Abend lag ich dann wieder herum und konnte nicht schlafen. Ich musste wohl völlig übergeschnappt gewesen sein, Tara so anzugehen. Obwohl. Gehörst du irgendso einer abgespacten Sekte an? Pfff. Eine Freikirche war ja wohl kaum eine Sekte. Ich stand auf, knipste das Licht an und stellte mich vor meinen Kleiderschrank. T-Shirts, Pullis, Jeans, Röcke. Ich nahm ein Kleidungsstück nach dem anderen heraus, hielt es mir vor den Körper und betrachtete mich im Spiegel. Was bitte war so verräterisch an meinen Klamotten? Ich drehte mich und konnte nichts Seltsames an ihnen finden. Gut, sie waren nicht besonders auffällig und sexy schon gar nicht, aber wenigstens auch nicht so ein Billigscheiß. Und in der Klasse liefen doch auch nicht alle so super gestylt rum. Und doch musste irgendwas an meinen Klamotten sein, was Tara etwas über meine Familie verraten hatte. Ich war fünfzehn und stellte fest, dass ich mir tatsächlich noch nie ernsthaft Gedanken über meinen Style gemacht hatte. Mode interessierte mich einfach nicht. Bequem sollte es sein und praktisch und mich nicht behindern. Warum wurde man eigentlich immer nach Äußerlichkeiten beurteilt? Wütend warf ich ein Kleidungsstück nach dem anderen auf den Boden, bis der gesamte Schrank leer war. Dann ließ ich mich erschöpft in den Kleiderhaufen fallen und fragte mich, was so schlimm daran war, dass man mir meine Herkunft ansah. Und auf die Frage, warum mich das eigentlich störte, fand ich lange keine Antwort. Aber kurz bevor ich die Augen schloss, wusste ich es: weil ich im falschen Universum lebte und Tara das gespürt hatte. Tara hatte gespürt, wie unglücklich ich war. Und das war eigentlich ganz schön groß, oder?

Ich sah mich in schwarzen Netzstrümpfen und Boots und in einem verboten kurzen Nietenröckchen durch Orte spazieren, von denen ich noch nicht einmal wusste, dass es sie überhaupt gab. Versunkene Welten, fremdartig und düster und irgendwie von allem befreit, was ich kannte. Und mein Gesicht morphte und wurde zu Taras und Tara stand neben mir in meinen ausgebeulten blauen Jeans und dem fair gestrickten Pulli von sonst wo und Taras Gesicht wurde zu meinem und ich sah auf Tara in meinem Körper herunter und auf einmal wurde mir klar, dass …

»Sag mal, spinnst du, Alissa?! Was denkst du dir eigentlich? Wirfst alle deine Kleider auf den Boden und legst dich zum Schlafen mittenrein?« Meine Mutter schüttelte mich an den Schultern. Ich gab ein unwilliges Grunzen von mir, aber als mir die Situation klar wurde, erschrak ich. Verdammt!

»Ich glaub es einfach nicht!«, zeterte Ma weiter. »Los, steh endlich auf, sonst kommst du noch zu spät in die Schule!«

»**Du wirst** nie wie Tara«, lacht Alice mich aus.

»Nein, das werde ich nicht«, gebe ich ihr recht.

»Tara meinte es ernst, aber du, du spielst nur!«, sagt Alice. Und ich sage: »Vielleicht war es auch Tara, die gespielt hat. Wer spielt, kann auch verlieren.«

Alice zeigt mir den Finger. »Auf dieser Ebene lehne ich es ab, weiter mit dir zu diskutieren!«

Am nächsten Tag in der Schule geschah dann etwas völlig Unerwartetes: Tara sprach mich an. Ohne dass ich sie angestarrt hatte, ihr nachgelaufen war oder mich ihr sonst wie aufgedrängt hatte. Es passierte in der zweiten Pause.

Jemand tippte mir von hinten auf die Schulter und ich brauchte mich gar nicht umzudrehen, um zu wissen, wer das war.

»Hey, du! Hör mal, das wegen gestern, das tut mir leid. Ehrlich.«

»Schon gut«, sagte ich. »Ich wollte eigentlich auch gar nicht so austicken.«

Tara lachte. »Na ja, normalerweise plant man es ja auch nicht auszuticken. Im Allgemeinen kommt das einfach so über einen, wa?«

»Hm ja«, nickte ich. »Trotzdem. Aber …«

»Aber?«

Ich schüttelte mich. »Ach, nix.«

Tara sah mich lange an. »Sag mal, Knight of God's Own Army, wie heißte eigentlich?«

»Alissa.«

»Alissa –. Alissa wondering about everything. Alissa in Wonderland.« Tara kicherte. »Na ja, meinen Namen haste ja offenbar schon recherchiert.« Sie zwinkerte mir zu.

»Sag mal, wondering Alice, willste nachher mit ins Kino?«

Ich erschrak. Natürlich wollte ich mit ins Kino. Mit Tara. Nichts lieber als das. Nichts lieber, als mit ihr mehr Zeit zu verbringen. Aber Pa würde ja wieder mit seinem BMW auf mich lauern. Und hatte ich überhaupt genug Geld dabei? Trotzdem hörte ich mich sagen: »Ja, na klar. In welches Kino willst du denn? Ins Cinestar?«

»Interessiert dich gar nicht, in welchen Film ich will?«

Tara hatte echt eine Art. Der konnte man nichts vormachen. Ich spürte schon wieder, wie ich rot wurde.

»Doch. Klar. In was denn?«

»Fightclub. Der ist uralt. Irgendwie aus den späten Neunzigern. Aber echt cool. Oder kennst du den schon?« Dann besann sie sich und sah mich ein wenig abschätzig an. »Nee, wa?«

»Mann, musst du immer so vernichtend sein?«

»Bin ich das?« Sie sah mich erstaunt an.

»Na ja, ein bisschen schon.«

»Hm. Sorry, sollte eigentlich nicht so rüberkommen.«

»Also, läuft das im Cinestar?«

»Mann, im Cinestar laufen doch keine guten Filme und schon gar nicht, wenn sie älter als zehn Jahre sind.«

Ich schluckte meinen Ärger herunter. »Und wohin willst du dann?«

»In so ein Programmkino in Kreuzberg.«

»Programmkino?«

Ich merkte genau, wie schwer es Tara fiel, jetzt nicht mit den Augen zu rollen und etwas Abfälliges zu äußern.

»Na ja, da zeigen die eben besondere Filme, die die meisten Leute nicht sehen wollen.«

»Aha. Okay. Und wann willst du dahin?«

»Um halb fünf. Also was ist, kommst du nun mit oder nicht?«

»Ich hab doch schon gesagt, dass ich dabei bin.«

»Okay. Dann treffen wir uns um vier am Haupteingang.«

»Ähm, macht's dir was aus, wenn wir uns eventuell am Hinterausgang treffen würden?«

»Wirst abgeholt, wa?« Sie zwinkerte mir zu. Ich starrte sie verblüfft an.

»Woher weißte das denn?«

»Na ja, es passt halt einfach gut ins Bild.« Sie lachte. »Nee, ist okay. Dann um vier am Hinterausgang.«

Den ganzen Unterricht lang konnte ich mich nicht die Bohne konzentrieren. Ich war total aufgeregt und gleichzeitig fand ich mich völlig albern, nur wegen eines Kinobesuchs so einen geistigen Aufriss zu machen, auch wenn es ein *Programm*kino war. Als endlich Schluss war, rannte ich mit den anderen die Treppe hinunter und nahm wie selbstverständlich den Haupt- und nicht den Hintereingang und an Pa verschwendete ich keinen Gedanken mehr. Fast wunderte ich mich über meine eigene Kaltblütigkeit.

Das Kino selbst war eine ziemlich heruntergekommene Bude mit abgeschabten Plüschsesseln, in der sich lauter Leute mit einem recht eigenwilligen Kleidungsstil tummelten, woran sich aber offenbar niemand groß zu stören schien.

Erst als das Licht ausging und ich neben Tara saß, wollte die Situation zuerst gar nicht in meinen Schädel. Ich, Alissa-Alien, das schwarze Schaf der Familie, saß mit dem coolsten Geschöpf, das unsere Schule vermutlich jemals gesehen hatte, im Kino. Und das nicht etwa, weil ich mich aufgedrängt, sondern weil sie mich gefragt hatte. Mich, den Durchschnitt vom Durchschnitt, die wandelnde Langeweile. Dieser Umstand beschäftigte mich dermaßen, dass ich dem Film nur bedingt folgen konnte. Tyler Dyrden schüttete dem Helden irgendwas über die Hand. »Das ist eine chemische Verbrennung … Ohne Schmerz, ohne Opfer hätten wir Menschen nichts … Wir sind Gottes ungewollte Kinder. So möge es sein. Lass dir Wasser über die Hand laufen und verschlimmere es noch oder –. Sieh mich an! Oder schütt dir Essig drüber und neutralisier die Verbrennung … Aber zuerst musst du aufgeben. Zuerst musst du wissen, nicht fürchten, dass du einmal sterben wirst … Erst nachdem wir alles verloren haben, haben wir die Freiheit, alles zu tun.« Tyler Dyrden gießt dem Helden Wasser über die Hand. »Gratuliere. Du kommst dem ›absoluten Nullpunkt‹ immer näher …« Und in diesem Augenblick griff Tara nach meinem Arm und drückte ihn. Ich zuckte zusammen und spürte, wie die Stelle warm, heiß, fast glühend wurde. Fragend sah ich Tara an.

»Schau nicht mich an, sondern den Film und ganz besonders diese Stelle«, raunte sie mir zu und entzog mir ihren sehnigen Arm. Ich versuchte brav, mich wieder auf den Film zu konzentrieren, aber mein Oberarm fühlte sich noch lange seltsam warm an.

Als wir wieder vor dem Kino standen, wurde es schon langsam dunkel und Tara sagte zu mir: »Komm, ich lad dich noch auf ein Eis ein. Ich kenne da einen spektakulären Eisdealer ganz in der Nähe.« Sie knuffte mich in die Seite.

»Gerne«, sagte ich, obwohl ich langsam ziemlich nervös war. Eines war mal sicher – heute würde es im Hause Johansson noch ganz gewaltigen Stress geben. Aber vermutlich waren meine Eltern schon jetzt so dermaßen aus dem Häuschen, dass die Situation ohnehin nicht mehr ins Negative zu steigern war. Tara hakte sich prächtigst gelaunt bei mir unter und mir war ganz eigenartig. Irgendwie wagte ich gar nicht so richtig zu atmen, aus Angst, dass sie dann ihren Arm von meinem lösen könnte. Aber Tara dachte gar nicht daran. Sie legte ein irres Tempo vor und als ich nicht mithielt, fasste sie mich bei der Hand, quatschte ausgelassen auf mich ein und schleifte mich einfach mit, bis sie mich vor dem »Da Francesca« auf einen Stuhl bugsiert hatte.

»Okay, Schätzchen, meine Kohle reicht noch für jeden

für drei Kugeln. Also, Persönlichkeitstest – was sind deine Lieblingssorten?«

»Vanille, Nougat und Blaubeer. Und was sagt das jetzt über meine Persönlichkeit?«

»Na, lass mal überlegen ...«

Damit stakste sie nach drinnen und kam mit zwei riesigen Waffeln zurück.

»Signorina«, sie drückte mir eine in die Hand.

»Und was sind deine Lieblingssorten?«, fragte ich.

»Schokolade, Orange und After Eight. Oder Schokolade und Orange oder After Eight und Schokolade. Nur in der Kombi. Schokoladeneis allein mag ich überhaupt nicht.«

»Und was sagt das jetzt über deine Persönlichkeit aus?«

»Na los, sag du, was das über meine Persönlichkeit aussagt!«

Ich erschrak. »Woher soll ich das wissen? Ich – ich kenn mich mit so was nicht aus.«

»Ich – ich kenn mich mit so was nicht aus«, äffte Tara mich nach. »Mann, jetzt sei doch nicht so ein Angsthase. Das ist doch kein heidnisches Teufelszeug, sondern einfach nur ein kleiner Spaß. Los, versuch's mal! Freie Assoziation ist ein Freund.«

»Nee, ich kann das nicht!«

»Na dann eben nicht.« Tara fuhr ihre lange spitze Zunge aus und leckte quer über die After-Eight-Kugel. »Sag mal, der Film, wie fandeste den eigentlich?«

»Ja, gut. – Aber ein bisschen verwirrend.«

»Na ja, der soll ja auch verwirrend sein. Und das mit dem ›absoluten Nullpunkt‹, das war so genial.« Sie starrte mich voller Erwartung an.

»Ähm, ja. Das war ziemlich interessant.«

»Pfff! Interessant!?! Mann, Alissa, Tierdokus sind interessant oder Filme über fremde Länder oder die Relativitätstheorie, aber der ›absolute Nullpunkt‹ ist doch nichts, was du interessant finden kannst!« Das Ausmaß ihrer Enttäuschung entsprach in etwa der Größe des Himalayas. »Den ›absoluten Nullpunkt‹ kann man intellektuell gar nicht erfassen. Nur emotional. Du musst den Wunsch haben, ihn zu erreichen.« Sie machte eine Pause, sah mich an und lachte. »Alissa in Wonderland, du hast den ganzen Film nicht kapiert, stimmt's?«

»Ja«, gab ich kleinlaut zu. »Aber ich fand ihn trotzdem gut.«

»Ach, ist ja auch egal. Wahrscheinlich ist das sogar besser so.«

»Warum?«

»So halt«, blockte sie ab und widmete sich wieder ihrem Eis. Eine Weile schwiegen wir vor uns hin.

Es würde eine sternenklare Nacht werden. Venus stand schon über der Eisdielenleuchtreklame und wurde von ihr in den Schatten gestellt, und obwohl erst Mitte März war, hing der Frühling schon in allen Winkeln der Stadt und trieb die Leute auf die Straße.

»Darf ich dich mal was fragen, Tara?«

»Nur zu.«

»Na ja, wenn du das nicht beantworten willst, kann ich das auch verstehen.«

»Mann, mach's halt einfach nicht so spannend!« Tara klopfte ungeduldig mit ihren blau lackierten Fingernägeln auf der Plastikoberfläche des Tisches herum und hatte mich fest im Blick.

Ich holte noch einmal tief Luft, als wollte ich in irgendeine Meeresuntiefe tauchen, um nach seltsamem Getier zu fahnden. Dann fragte ich:

»Was ist eigentlich mit deinen Eltern?«

Für den Bruchteil einer Sekunde verengten sich ihre Pupillen und ihr Gesichtsausdruck wurde härter. Nun war es Tara, die tief Luft holen musste und ihre Augen glitzerten verdächtig feucht.

»Tot. – Wieso?«

Mir blieb die Luft weg. Dass es so schlimm war, hatte ich aus irgendwelchen Gründen nicht angenommen. Nein, wenn ich ehrlich war, hatte ich überhaupt nicht richtig darüber nachgedacht. Natürlich. Wieso hatte die Schmidt sonst auch so doof darum herumgeredet? Na toll. Hätte ich bloß die Klappe gehalten.

»Na, nu guck nich so bedröppelt. Schließlich hast du sie ja nicht umgebracht«, sagte Tara und legte mir einen Arm um die Schulter. Ich schluckte und presste ein »Aber wer …«.

»Na niemand, Mann. War ein klassischer Fall von Dumm-Gelaufen. Falsche Zeit, falscher Ort. Nebel. Ein

Baum. Und booooooom. No sex, no crime, just rock 'n' roll.« Tara schwieg für einen Augenblick und starrte in den Leuchtreklamemond. Schließlich fügte sie fast tonlos hinzu: »Ich wünschte, ich wäre bei ihnen gewesen.«

Und natürlich wusste wondering Alissa nichts dazu zu sagen und nichts anders zu tun, als betreten auf den Fleck zu starren, den ihr Eis auf dem Metalltisch hinterlassen hatte, und zu warten, dass Tara, wer sonst, die Initiative ergriff, indem sie aufstand und mit der schweigenden Alissa zur nächsten U-Bahn-Station trabte. Der Abschied war vermutlich unspektakulär, vielleicht auch nicht – ich kann mich nicht mehr erinnern, außer dass wir irgendwann in entgegengesetzte Bahnen stiegen und ich mich noch Tage später für meine sensationelle Sensibilität verfluchte.

Aber wie wir alle wissen, ist ja nichts so schlecht, dass es nicht doch noch irgendwo etwas Gutes hätte und so war das Gefühl, ein sensibilitätstechnischer Totalausfall zu sein, so groß und allumfassend, dass gar kein Platz mehr war, sich vor dem Nachhausekommen zu fürchten. Und das war wahrlich kein Zuckerschlecken. So gegen zehn steckte ich den Schlüssel ins Schloss und kaum war die Tür offen, kam Ma angeschossen, und so schnell konnte ich gar nicht gucken, hatte sie mir eine Backpfeife verpasst. Und die war vom Feinsten. Mas Gesicht wirkte irgendwie aufgedunsen und ihre Augen waren gerötet.

»Alissa! Hast du sie noch alle? Wo hast du dich herumgetrieben? Wir haben sogar schon die Polizei verständigt! Warum hast du nicht angerufen …?« Undsoweiterundsoweiter. Fragen über Fragen und dazwischen keine Pausen, sie zu beantworten.

Das Ergebnis des ganzen Schlamassels war, dass ich Hausarrest bekam. Zwei Wochen. Und das war das erste Mal. Aber jemand wie ich, der ohnehin in so einer Art goldenem Knast lebte, konnte dazu nur sagen: Na und?

Und genau so verbrachte ich sie auch. Die nächsten zwei Wochen. NA UND? Eigentlich änderte sich nichts. Pa holte mich ab und Ma kochte und fand meine Schwester wie immer viel toller als mich. Und doch spürte ich eine gewisse Beklemmung, wenn ich daran dachte, dass ich gar nicht zu fragen brauchte, ob ich außer zur Schule und zum Gottesdienst das Haus verlassen durfte. Die Antwort wäre ohnehin Nein gewesen. Nein. Einfach aus Prinzip. Warum? Darum. Und obwohl sich nicht wirklich etwas änderte, ich durfte sonst ja auch kaum raus, wurde ich wütend. Jeden Tag kam sie, diese Wut. Und ich biss mir auf die Lippen, damit ich sie für mich behielt. Aber jeden Tag wurde sie ein wenig größer, die Wut. Und als sich dann am Sonntag alle fein machten, um in die Kirche zu rennen, blieb ich einfach im Schlafanzug.

»Alissa. Was ist? Wir müssen los!«, drängelte Ma, aber ich verschränkte die Arme und schüttelte den Kopf.

»Nein.«

»Wie nein? Du machst dich jetzt fertig!«

Und da brach sie auf einmal aus mir heraus. Diese Wut auf mich und weil ich nur so na ja war und weil ich behandelt wurde wie ein Kleinkind und keiner sah, dass ich langsam erwachsen wurde, und weil mein Wille nicht respektiert wurde und weil meine tolle Familie mich daran hinderte, Tara außerhalb der Schule zu sehen, und weil sie mich zum Alien machten und weil ich überhaupt lebte wie im Knast.

»Ich denk nicht daran«, schrie meine Wut aus mir heraus und schob mich rasend schnell in mein Zimmer, wo sie den Schlüssel umdrehte, um dann doch noch durch die Tür zu rufen: »Euren scheiß Gott könnt ihr allein anbeten. Ich glaub da schon lang nicht mehr dran!« So, jetzt war das wenigstens endlich mal raus. Ich lehnte an der Tür und mein Herz hatte es verdammt eilig, zu klopfen und das Blut durch die Gegend zu pumpen, und ich hörte ein Rauschen, meine Gefäße waren eine Autobahn und mein Blut jagte mit zweihundert Sachen durch meinen Körper.

»Alissa, du machst jetzt sofort die Tür auf und entschuldigst dich!« Meine Mutter trommelte auf dem Türholz herum.

»Du kannst mich mal«, hörte ich mich sagen. »Ich hasse euch! Ich hasse, wie ihr lebt, was ihr glaubt, und eure Selbstgerechtigkeit finde ich einfach nur zum Kotzen!« So. Nun war auch das mal gesagt.

Meine Mutter sagte irgendwas zu meinem Vater. Wahrscheinlich, dass er doch auch mal was sagen soll. Und dann hämmerte er doch tatsächlich an meiner Tür herum und quatschte auf mich ein und ich wollte sie alle nicht mehr sehen. Einfach allein sein. Hässlich und unperfekt und na ja.

»Na, dann bleibst du eben da.« Das war mein Vater. Und kaum hatte er das gesagt, legte sich der Tumult vor meiner Tür. Ihre Schritte entfernten sich und ich hörte, wie die Tür ins Schloss fiel. Und dann hörte ich noch, wie der Schlüssel umgedreht wurde. Mein Atem verkrampfte sich komisch, ich bekam kaum Luft, meine Hände hatten sich zu Fäusten geballt, und ganz, ganz langsam glitt mein Rücken an der Tür herab, bis ich auf dem Fußboden saß und vor mich hin starrte. Das gab es doch gar nicht! Die hatten mich eingeschlossen. Einfach so eingeschlossen. Mich. Nein, keine Fünfjährige, sondern mich, eine Fünfzehnjährige, die langsam zu einer Frau wurde. Ich spürte, wie mir Tränen in die Augen schossen und meine Hände sich dämlich verkrampften und das machte mich erst recht wütend, weil, wenn ich heulte wie ein kleines Kind, dann geschah es mir ja vielleicht recht, wenn ich auch so behandelt wurde. Aber das musste sich ändern. Ich erhob mich, aber meine Knie zitterten. Und meine Hände. Und diese zittrigen Hände fummelten mit dem Schlüssel herum und es dauerte eine halbe Ewigkeit, bis sich meine Zimmertür öffnete und ich tappte in den Flur und riss an der Haustürklinke herum, nur um festzustellen, was ich ohnehin wusste: Ich war eingesperrt! Und genau das wollte ich nicht mehr sein. Nicht heute, nicht morgen, nie wieder.

Ich pflückte meine Jacke von der Garderobe, zog meine Stiefel an, ging in mein Zimmer und öffnete das Fenster. Die Luft war kalt, aber es roch schon irgendwie nach angetauter Erde, nach Neuem, nach Aufbruch. Vor unserem Stadthaus stand ein dicker Baum und ich überlegte, ob ich es wohl bis zu dem Ast schaffen und der mich tragen würde. Aber zum Glück hatte ich ja immer mit den Jungs gespielt und besonders schwer war ich ja noch nie gewesen. Und außerdem war es mir gerade egal, ob ich zusammen mit dem Ast herunterkrachen würde, dann würden sie nämlich schon sehen, was sie davon hatten. Ich schwang mich auf den Ast, aber der knackte nicht mal, robbte vorsichtig in Richtung Stamm und glitt nach unten. Die letzten anderthalb Meter sprang ich und als meine Füße den Boden berührten, merkte ich, dass sie nicht mehr zitterten, dass überhaupt nichts mehr an mir zitterte, und eine große Ruhe kam über mich, ja, vielleicht war es sogar so was wie Glück, und ich lief ein paar Schritte in Richtung U-Bahn. Doch dann kehrte ich wieder um, kletterte in mein Zimmer zurück, schloss das Fenster, hängte meine Jacke an den Haken und stellte die Stiefel in den Schuhschrank, ging in mein Zimmer und schloss mich wieder ein, denn: Es gibt Dinge, die muss man geheim halten, bis man sie einmal wirklich braucht. Und ich kann euch sagen, irgendwie war das jetzt endgültig der Punkt, an dem alles anfing, an dem aus Na-ja-Alissa Na-und-Alissa wurde. Ein großer Schritt für Alissa, ein in nichts nachvollziehbarer für ihre Eltern ...

»**Na, Gratulation** zum großen Schritt. Wo sitzt du gerade? Genau! Genau da, wo deine Eltern dich haben wollten. Genau da, wovor du geflohen bist.«

»Klappe, Alice!«

»Bei dem Schwachsinn, den du verzapfst, denke ich nicht mal daran, die Klappe zu halten.«

»Dann hör ich dir einfach nicht mehr zu.«

»Pfff! Das versuch mal ...«

Und dann hielt ich einfach still. Nach außen hielt ich still, ertrug den Hausarrest und irgendwann war er vorbei. Aber in mir wurde nichts still. Im Gegenteil. Seit dem Tag auf dem Baum schrie alles nach Aufbruch. Das war kein Leben, das war ein Knast. Und das Schlimme war, ich wusste, dass viele sich vielleicht nach genau so einem Knast sehnten, und das bedeutete, dass ich undankbar war, oder? Und das machte es um nichts besser.

Das Neueste war, dass ich ständig müde war. Nicht einfach nur so müde wie dann, wenn der Wecker klingelt, nein, fast immer und als steckte mein Skelett anstatt in Fleisch und Haut in Blei. Munter wurde ich eigentlich nur, wenn Tara auftauchte. Und sie tauchte auf. Und das war tatsächlich ein kaum zu begreifendes Glück, dass sie das tat, obwohl ich mich bei unserem Kinobesuch dermaßen unpassend benommen hatte. Manchmal, wenn sie eine Freistunde hatte, wartete sie schon vor meinem

Klassenzimmer und immer, wenn ich ihre schwarze Mähne sah, verwandelte sich mein Herz in eine laute, schnelle und frohe One-Man-Band. Tara war echt so schön. Also wirklich so richtig. Wir quatschten fast jede Pause, aber zu weiteren Treffen kam es erst mal nicht, weil sie ständig schon irgendwas vorhatte. Einerseits war ich froh, dass sie mich nicht fragte, ob ich nicht mitkommen wolle, und andererseits war ich auch ein wenig beleidigt, eben weil sie nicht fragte.

Eines Tages kam sie mit einem neuen Kleid an, in dem sie aussah wie Morticia Addams höchstpersönlich. Sie stemmte die Arme in die Hüften und stolzierte vor mir auf und ab.

»Und? Wie findest du das?« Erwartungsvoll sah sie mich an. »Umwerfend«, sagte ich und Tara nickte und sah ganz außerordentlich zufrieden aus.

»Ja, wa?«

»Sag mal, wo treibst du denn immer solche Sachen auf?«, fragte ich sie.

»Na, ganz bestimmt nicht beim Christenausstatter Ihres Vertrauens«, antwortete sie und zwinkerte mir zu.

»Ha. – Ha.«

»Na, nu reg dich nicht gleich wieder auf. Die Tante macht doch nur Spaß«, sagte Tara und knuffte mich in die Seite.

Ich verdrehte die Augen.

»Ist doch egal, wo ich das kaufe. Oder willste dein Outfit tunen?«

Das war ein Aspekt, über den ich noch gar nicht nachgedacht hatte. Wie würde ich in Klamotten à la Tara aussehen? Irgendwie konnte ich mir das gar nicht vorstellen. Passte ja auch nicht zur lebenden Unscheinbarkeit, zum Mittelmaß aller Dinge, zu Na-ja-Alissa. Oder? Ich versuchte mir vorzustellen, was zu Hause los sein würde, wenn ich plötzlich in so einer typischen Tara-Kluft auftauchen würde, und musste lachen. Ich musste so sehr lachen, dass es beinahe schon an Hysterie grenzte und Tara mich befremdet ansah.

»Alles okay mit dir?«

»Ja«, japste ich. »Ich hab mir nur ausgemalt, was meine Mutter sagen würde, wenn ich in deinem Outfit bei uns zu Hause aufschlagen würde.«

Tara lächelte eigenartig und musterte mich. »Also, ich könnte mir dich in so was schon gut vorstellen …«

»Mich?« Ich wusste genau, dass ich schon wieder rot wurde.

»Nee du. – Echt jetzt.« Sie griff sich an die Stirn. »Du, ich hab noch ein paar Klamotten, die mir zu kurz geworden sind. Vielleicht passen die dir ja.«

Mein Herz pochte lauter. Und schneller. Ich in Taras Klamotten. Puh. Das Schaf im Wolfspelz. Alien im Engelkostüm. Autsch. Das würde bestimmt richtig scheiße aussehen.

»Wann hast du die nächste Freistunde?«

»Morgen. Wieso?«

»Wie lange?«

»Zwei Stunden und die Mittagspause.«

»Sehr cool. Dann kommste mit zu mir und probierst das Zeug einfach mal an.« Tara lächelte mich aufmunternd an. »Na, was sagst du?«

»Und du? Hast du denn auch eine Freistunde morgen?«, fragte ich und hätte mich sofort wieder für diese piefige Ansage ohrfeigen können.

»Nee. Na und? Dann geh ich halt mal nicht in den Unterricht. Schätzchen, ich bin achtzehn und kann mich selbst freischreiben. Cool, wa?«

Und was sagen deine Eltern dazu?, lag mir auf den Lippen, aber zum Glück biss ich mir noch rechtzeitig auf die Zunge, und erst da fiel mir auf, dass ich überhaupt keine Ahnung hatte, wie und wo Tara so ganz ohne Eltern lebte.

»Und? Biste dabei, Alissa?«

Alissa war dabei. Aber so was von. Und deshalb konnte Alissa die ganze Nacht nicht schlafen, weil sie so aufgeregt war und sich gleichzeitig vor der Modenschau fürchtete, weil ja schließlich klar war, dass Na-ja-Alissa in Taras Klamotten im günstigsten Na ja und im schlimmsten Fall beschissen aussehen und Tara sich bestimmt halb schlapplachen würde, und wer weiß, wo sie überhaupt wohnte und mit wem. Und Tara hatte bestimmt einen Freund. Natürlich hatte sie einen Freund. Jemand, der aussah wie Tara, musste ganz einfach einen Freund haben. Aber keinen von den Affen aus unserer Schule, die sich immer nur über ihr Outfit lustig machten, weil sie instinktiv ahnten, dass sie ohnehin keine Chance bei Tara gehabt hätten, sondern irgendeinen älteren Typen, der in einer Band spielte und unglaublich cool war. Und auch darüber hatten wir nicht gesprochen. So langsam fragte ich mich ernstlich, was ich eigentlich überhaupt über Tara wusste. Klar, dass sie oft schnippisch war, zu Zynismus neigte und ich sie umwerfend fand. Und dann noch, dass ihre Eltern bei einem Autounfall gestorben waren, aber sonst? Was hatten wir denn die ganze Zeit in den Pausen gelabert? Und erst da fiel mir auf, dass ich Tara ständig mit meinen tollen und ach so schrecklichen Problemen zugesült und sie sich das die ganze Zeit angehört und mich sogar manchmal in den Arm genommen hatte. Und dass das gar nicht zu der schnippischen Art passte, die sie sonst so an den Tag legte. Und dann fiel mir noch etwas auf: Ich wünschte mir ganz, ganz, ganz schrecklich sehr, dass Tara keinen Freund hatte.

Natürlich war ich den ganzen Vormittag zappelig und müde und aufgekratzt, alles auf einmal, und als die vierte Stunde endlich vorbei war, war ich so froh und aufgeregt und gleichzeitig fürchtete ich mich, und während ich noch versuchte, mein Gefühlschaos irgendwie zu ordnen, tauchte Tara auf und nahm mich ins Schlepptau. An einem sanierten Altbau klingelte Tara, der Summer ertönte und sie drückte die Tür auf, fasste mich bei der Hand und zog mich hinter sich her die Treppe in den zweiten Stock hinauf. Eine der Wohnungstüren öffnete sich und eine alte Frau trat hervor.

»Hi, Omi!« Tara drückte der Frau einen Kuss auf die Wange. »Schau mal, wen ich mitgebracht habe!«

Taras Oma lächelte mich freundlich an und reichte mir die Hand.

»Hallo, ich bin Alissa«, sagte ich.

»Ich habe schon viel von dir gehört«, sagte die alte Frau und ich wunderte mich, was es über mich großartig zu berichten gab.

»Du hast heute wohl früher aus, mein Schatz?« Die alte Frau sah fragend zu Tara und die nickte.

»Ja. Der Heißenmeyer ist krank.«

Pfff. Tara konnte ja echt das Blaue vom Himmel herunterlügen. Wir hatten überhaupt keinen Lehrer namens Heißenmeyer an der Schule.

»Na, dann kommt mal rein. Ich mach euch einen Tee.«

»Ist okay, Omi. Ich zeig Alissa mal mein Zimmer.« Und damit schob sie mich einen langen Flur entlang und bugsierte mich schließlich durch eine Tür, an der ein riesiger Fliegenpilz klebte.

»So. Setz dich.« Sie deutete auf ihr Bett, auf dem eine rotgoldbestickte indische Decke lag. Ich zögerte. Irgendwie hatte ich Bedenken, mich auf diesem Kunstwerk niederzulassen. »Na, los, hinsetzen. Das nervt total, wenn jemand so unschlüssig im Raum steht.«

Vorsichtig, als könnte die Decke bei Berührung zu Staub zerbröseln, ließ ich mich nieder und sah mich um. Taras Zimmer war riesig und ein echter Traum. Die Wände hatte sie blutrot angestrichen, auf dem Boden – das muss man sich mal vorstellen – lag ein tiefschwarzer Teppich und überall standen Kerzenleuchter und Teelichthalter und Grünpflanzen ohne Ende. Hätte mich jemand gefragt, was für Bilder Tara an den Wänden hat, hätte ich meine rechte Hand dafür verwettet, dass sie alle möglichen Poster von Bands hatte, aber ich sah kein einziges. Stattdessen hingen jede Menge Ölbilder an den Wänden. Ziemlich finsteres Zeug. Von Pflanzen durchwucherte Skelette, verlassene Städte, die sich die Natur zurückholte, verfallene Fabriken, aber genial gemacht, und ich fragte mich, wie viele Leute in unserem Alter wohl so richtige Ölschinken an den Wänden hatten.

»Interessierst du dich denn gar nicht für Musik?«, fragte ich.

»Hä? Wie kommste denn darauf? Natürlich hör ich Musik.« Tara stand unschlüssig im Raum.

»Na ja, weil du gar keine Poster aufgehängt hast.«

»Scheiß auf Personenkult. Was soll ich mir Bilder von Leuten, die ich nicht kenne, in die Bude hängen, nur weil ich ihre Musik mag?«

Dazu wusste ich nichts zu sagen. Ich hatte so was ja auch nicht, aber ich lebte ohnehin von Haus aus hinter dem Mond. Mit Johann Sebastian Bach oder Mozart hätte ich dienen können.

»Ein Bild von dir würde ich mir gerne ins Zimmer hängen.« Tara sah mich lange an und ich schaute verlegen auf den Boden. »Echt, Alissa, irgendwann würde ich dich gerne mal malen.«

»Mich?« Tara verzichtete ausnahmsweise auf ihr »Nee, dich« und ich noch mal: »Wieso mich?«

Tara hatte ihren Blick noch immer auf mich geheftet und ihre Züge sahen gerade ungewohnt weich und friedfertig aus.

»Weil«, fing sie an. »Weil –«, sie winkte ab. »So halt.« Ihre Augen ließen von mir ab.

»Kannst du gut zeichnen?«, fragte ich.

Tara zuckte mit den Schultern. »Keine Ahnung. Das musst du selbst beurteilen«, sie deutete auf ihre Wand.

»Wie? Die sind von dir? Die hast wirklich du gemalt?«

Tara kicherte. »Na, wer denn sonst? Denkste, ich schleiche heimlich durch Galerien und klau Ölschinken?«

Ich hole das Porträt aus der Schublade und stelle mich neben den Spiegel. Alice und ich. Ich und Alice.

»Schick, wa?«, meint Alice. »Nur die Alissareste stören.«

»Fick dich!«, sage ich.

»Ich bin dein Tara-Souvenir.« Alice lässt nicht locker.

»Ich bin nicht mehr du. Und außerdem habe ich viel mehr von Tara als dich. Mein ganzer Kopf ist voll von Tara. Jeden Tag denk ich nur: Tara, Tara, Tara. Und ich sehe sie und spüre sie und manchmal kann ich sie sogar noch riechen.« Tränen sammeln sich in meinen Augen.

»Ja, ja. Was du nicht alles von Tara hast. Zum Beispiel dass du, wenn du nur ein wenig ehrlicher zu dir selbst wärst, jetzt viel lieber am Kotti abhängen würdest, als in diesem bescheuerten Internat zu sitzen.«

Na ja. Das Bild. Das war später. Ich lege es zurück in die Schublade und Alice verdreht nur die Augen.

Tara öffnete die Tür ihres Kleiderschranks und begann, darin herumzuwühlen. Noch mit dem Kopf im Schrank hielt sie mir etwas kleines Schwarzes entgegen und wedelte ungeduldig damit herum. »Schau mal, das ist doch heiß, oder?«, rief sie. Ich stand auf und griff danach. Es war ein kurzer Nietenrock, ganz ähnlich wie das Teil, mit dem ich sie das erste Mal gesehen hatte.

Während ich ihn mir anhielt und mir mich so gar nicht darin vorstellen konnte, förderte Tara weitere Klamotten zutage und türmte sie neben sich auf.

»Los, probier das doch mal an!« Tara tauchte aus dem Schrank auf und sah mich erwartungsvoll an.

»Wo ist denn die Toilette?«, fragte ich.

»Nee, oder? Du genierst dich doch nicht etwa vor mir?« Aber genau das tat ich und natürlich wurde ich wieder einmal rot.

»Nee, tu ich nicht«, log ich schnell. »Aber ich muss eben einfach mal«, sagte ich, um wenigstens halbwegs mein Gesicht zu wahren.

»Dritte Tür links«, sagte Tara, griff nach einem Gießkännchen, das auf der Heizung stand, und begann, ihre Blumen zu gießen.

Als ich von der Toilette zurückkam, saß Tara an ihrem Schreibtisch und blickte versonnen aus dem Fenster.

»Schön, nicht?«, fragte sie, ohne sich nach mir umzudrehen. »Wie die Krokusse sprießen. Krokusland mag ich.«

»Ja. Ich auch«, sagte ich und beschloss, tapfer zu sein. Also öffnete ich meine Hose und ließ sie zu Boden fallen und genau in diesem Moment drehte sich Tara um. Ich kam mir unglaublich doof vor, so mit heruntergelassenen Hosen und in Socken vor Tara zu stehen, aber sie schien das nicht im Geringsten zu stören. Sie stand auf und reichte mir den Rock und ich zog die Sache nun einfach durch und glitt in den Rock.

»Warte, ich helfe dir«, sagte Tara, stellte sich hinter mich und nestelte am Reißverschluss herum. Und ich, ich erstickte fast, weil ich irgendwie vergaß, zu atmen, und offenbar auch, mich zu bewegen, denn plötzlich ließ Tara von mir ab und sagte:

»Du musst übrigens nicht gleich zu 'ner Salzsäule erstarren.« Damit schob sie mich vor den Spiegel. »Guck mal lieber.«

Unglaublich. Der Rock passte. Tara schlich immer wieder um mich herum und begutachtete mich von allen Seiten.

»Perfekt.« Sie lächelte zufrieden. »Und jetzt zieh noch mal das andere Zeug an.«

Und auch das passte, als wäre es für mich gemacht.

»So, Schätzchen, jetzt fehlen dir eigentlich nur noch

ein paar Accessoires und schon wird aus wondering Alissa Alissa wonderful.«

Tara kramte in diversen Körbchen und Schachteln und Dosen und kam mit einer Netzstrumpfhose, einem breiten Nietengürtel und einem Lederhalsband, das von Weitem aussah wie Stacheldraht, zurück, wand mir den Gürtel um den Leib, legte mir das Halsband um und reichte mir die Strumpfhose. Und während ich diese anzog, kam Tara mit ein paar Boots zurück, stellte sie vor mich hin und als ich sie anhatte, hielt mir Tara von hinten die Augen zu und schob mich durchs Zimmer. Als sie ihre Hände wieder von meinem Gesicht nahm, stand ich vor dem Spiegel und erkannte mich selbst nicht wieder.

»Und? Was sagst du?« Tara strahlte.

Ich sagte nichts. Konnte nichts sagen, denn Tara hatte meine Hüfte umschlungen und ihren Kopf auf meine Schulter gelegt und mein Herz schlug so schnell, dass ich glaubte, demnächst einfach umzukippen.

»Hätteste nicht gedacht, wa?«

»Nee«, brachte ich hervor, trocken und spröde und mehr ein heiseres Flüstern.

»Also mich wundert das nicht«, sagte Tara. »Weißt du eigentlich, wie schön du bist?«

Ich lachte laut auf. Und ehe ich noch »Ich?« fragen konnte, kam mir Tara zuvor: »Nee, du.« Ihre Stimme klang seltsam weich und warm und gar nicht spöttisch und ihr Griff um meine Hüften wurde fester. Die Wände stürzten auf mich zu, verwirbelten sich zu einem roten

Spiralnebel, dessen kleines, unbedeutendes Zentrum das Alien Alissa Johansson war. Und dann küsste Tara mich in den Nacken und mir wurde heiß und kalt und meine Nackenhärchen stellten sich auf, und Tara hörte nicht auf, mich zu küssen, drehte mich um, ihre langen Finger strichen über mein Gesicht, sie beugte sich zu mir herab und ihre huskyblauen Katzenaugen versenkten sich in meine und irgendwann hielt ich dieses Wunder nicht mehr aus und musste die Augen schließen und etwas unglaublich Weiches berührte meine Lippen, und in diesem Augenblick klopfte es an der Tür und Taras Oma rief: »Ihr könnt dann zum Tee kommen, Mädels!«

Tara ließ mich los und Alissa wurde herausgeschleudert aus ihrer Galaxie, nur noch ein kleiner Meteorit, der beim Aufprall in die Wirklichkeit verglühte.

»Und nachher schmink ich dich noch«, Tara hauchte mir einen flüchtigen Kuss auf die Wange.

»Und so soll ich mich jetzt zu deiner Oma an den Tisch setzen?«

»Ja, wieso denn nicht? Sie kennt das doch gar nicht anders. Schließlich laufe ich immer so rum.«

Als ich mich zum Gehen aufmachte, drückte mir Tara eine schwarz-rote Plastiktüte in die Hand.

»Vergiss nicht, dein neues Ich mitzunehmen«, sagte sie und zwinkerte mir zu.

Ich drehte mich um, ob ihre Oma in der Nähe war, und ohne lange zu überlegen, zog ich Tara an mich und wunderte mich selbst über meine Kühnheit. Aber Tara zerwuschelte mir die Haare und schob mir kurz ihre Zunge in den Mund. Meine Knie wurden butterweich. Alles tanzte und wirbelte in meinem Kopf, irgendwer hatte die Zeit ausgeschaltet, und von mir aus hätte das auch ewig so bleiben können, aber schließlich befreite sich Tara vorsichtig aus meiner Umklammerung.

»Ich glaube, du musst langsam los. Nicht, dass deine Ellis noch nervös werden.«

Ich biss mir auf die Unterlippe. Meine Eltern! Die hatte ich völlig verdrängt. Tara hatte recht. Ich musste unbedingt nach Hause. Trotzdem blieb ich unschlüssig im Flur stehen.

»Na was, wondering Alissa? Es ist nicht so, dass ich dich loswerden will, aber so wie du mir deine Ellis geschildert hast, machen die bestimmt einen Riesenzwergenaufstand, wenn du nicht bald bei ihnen vor der Tür stehst.« Ihre Huskyaugen sahen auf einmal ganz dunkel aus, nachtblau und irgendwie samtig, und ihre Stimme klang ein wenig belegt, als sie hinzufügte: »Wir haben doch Zeit. Ich lauf dir schon nicht weg.«

»**Da sieht** man mal wieder, wie relativ Zeit ist«, sagt Alice herausfordernd. Und ich, ich habe dem nichts hinzuzufügen.

Als ich in der U-Bahn saß, brannte Taras Klamottentüte in meiner Hand und meine Gedanken segelten durcheinander wie Blätter in einem Herbststurm. Schließlich stopfte ich die Tüte in meinen Rucksack und kam gerade noch rechtzeitig nach Hause. Die letzten zwei Schulstunden am Nachmittag hatte ich natürlich verpasst. Gut, dass Pa heute keine Zeit gehabt hatte, mich abzuholen, sonst hätte er auf dem Parkplatz warten können, bis er schwarz geworden wäre. Einigermaßen unbehelligt erreichte ich mein Zimmer und versteckte die Klamotten unter dem Bett.

»Was ist denn nur los mit dir?«, fragte meine Mutter beim Abendessen. »Alissa, wo bist du nur in letzter Zeit immer mit deinen Gedanken?«

Mein Vater sagte nichts, sondern sah nur kurz auf und schüttelte den Kopf.

Ich zuckte mit den Schultern und schwieg. Nach dem Essen versuchte ich, Hausaufgaben zu machen, aber ich konnte mich nicht wirklich konzentrieren, und schließlich schmierte ich irgendwas zusammen und wartete darauf, dass meine Familie schlafen ging. Und endlich, gefühlte hundert Jahre später, kehrte Ruhe ein im Hause Johansson und ich fasste unters Bett und zog Taras Klamotten hervor. Ich steckte die Nase in das Bündel und sog Taras Duft ein. Mir wurde schwindelig und mein Herz klopfte schneller. Schließlich stand ich auf, zog mir die Sachen an und drehte mich vor der Spiegeltür meines Kleiderschranks. Ich starrte mich an und was da zurückstarrte, das sah so wenig nach Alissa Johansson aus wie

Avril Lavigne nach Pippi Langstrumpf. War das wirklich ich? Doch, irgendwie schon. Es war Alissa. Aber in Taras Wonderland.

Alice zeigt mir den Finger. »Das war MEIN Geburtstag, du F....!«

»Halt die Klappe! Dein Geburtstag kam erst später.«

Alice schreit mich an, ein Ton nur, Störgeräusch hirnwärts, wird zum Tinnitus. Ich halte mir die Ohren zu. Alice wird lauter. Ich schreie zurück und weiß nicht, ob nur meine Gedanken schreien oder ob ich das ganze Internat zusammenplärre: »Hör auf, dich gibt es gar nicht. Du bist längst tot. Du bist eine medikamentengestützte Entzugsprogrammleiche!«

Alice lacht. »Solang du mich noch hören kannst, bin ich noch sehr lebendig ...«

Am nächsten Morgen machte ich mich ein paar Minuten früher in die Schule auf und meine Ma wunderte sich. »Du hast doch noch Zeit. Wieso willst du denn schon los? Sonst gehst du doch immer erst auf den letzten Drücker?«

»Ach, die U-Bahn hat in letzter Zeit immer Verspätung«, log ich und zog die Tür hinter mir ins Schloss.

In der nächsten öffentlichen Toilette zog ich Taras Klamotten aus dem Rucksack. Sollte ich wirklich? Ich trat von einem Bein aufs andere. Los, sei einmal mutig!, zwang ich mich, mit der Grübelei aufzuhören, und schlüpfte in die Sachen. Dann stellte ich mich vor den fleckigen Spiegel und schminkte mich, wie Tara es mir gezeigt hatte. In diesem Augenblick flog die Tür auf und ein Gerippe von einem Mädchen unbestimmbaren Alters fixierte mich. Mir wurde ein wenig mulmig. Sie wirkte gehetzt, aber gleichzeitig angriffslustig. Ihre strohigen Haare standen vom Kopf ab.

»Ey, haste mal 'nen Euro? Ick muss unbedingt ma telefonieren.« Sie streckte mir ihre schorfige Hand entgegen und ich wich einen Schritt zurück. Mich ekelte vor ihr, und aufgeregt fummelte ich in meiner Tasche herum und fischte eine Münze heraus, die ich ihr in die Hand drückte, ohne sie anzusehen.

»Ey, danke, Mann!«, sagte das Geschöpf und ich, ich murmelte: »Schon okay«, raffte hastig meinen Kram zusammen und rannte davon, ohne mich noch einmal nach ihr umzublicken. Erst als ich den U-Bahnsteig erreichte, kam ich wieder runter, und als ich die ganze Angelegenheit noch einmal in Ruhe überdachte, schämte ich mich und fand mich ganz schön spießig.

Als ich das Klassenzimmer betrat, waren fast alle schon da und laberten durcheinander, aber auf einmal wurde es still und ich wurde angestarrt. Ich hatte über der Begegnung mit dem Mädchen auf der Toilette ganz vergessen, dass ich heute anders aussah, und nun wäre ich am liebsten im Boden versunken. Ein paar von den Jungs pfiffen und Nick streifte mich an der Schulter und sagte: »Na, kommst wohl gerade von der Arbeit, wa?«

»Fick dich!«, entfuhr es mir und ich wunderte mich selbst über meine Ausdrucksweise. Eigentlich war das bisher nicht meine Art gewesen. Machten das Taras Klamotten mit mir? Nick hob abschätzig eine Braue, hielt dann aber die Klappe. Außerdem kam ohnehin gerade die Kasunke in die Klasse gesegelt. Denen würde ich es zeigen, ich konnte noch ganz anders!

»**Bravo! Grossartig!** Eine Rebellin, wie sie die Welt noch nie gesehen hat«, spottet Alice.

»Immerhin hast du dieser Zwergenrevolution deine armselige Existenz zu verdanken«, kontere ich. Alice schweigt. Gott sei Dank, Alice schweigt. Ein einziges Mal schweigt sie.

Seit diesem Tag hielt ich es immer so, dass ich morgens im gewohnten Alissa-Look das Haus Johansson verließ und mich unterwegs umzog, und so langsam gewöhnte sich die Klasse an meinen neuen Style und ließ mich in Ruhe. Ab und zu überließ mir Tara weitere ausrangierte Klamotten von ihr und neuerdings wurde ich sogar von Leuten angesprochen, die sich früher einen Dreck für mich interessiert hatten. Aber nun brauchten sie auch nicht mehr anzukommen. Mich interessierte sowieso nur Tara.

Ich glaube, zum ersten Mal seit Jahren war ich richtig glücklich. Blöd war nur, dass wir uns meistens nur in der Schule sehen konnten. Aber immerhin, die Dinge begannen, sich zu verändern. Langsam zwar, aber die Sache mit den Klamotten war doch schon mal ein guter Anfang.

Zwei, drei Wochen ging das ganz gut, doch dann kam ich eines Tages nach Hause und Ma lauerte mir mit hochrotem Kopf auf.

»Alissa, kannst du mir das erklären?«, fragte sie und zog hinter ihrem Rücken Sachen aus dem Kleiderbündel hervor, das ich unter meinem Bett versteckt hatte. Ich schwieg und Ma fasste mich unsanft am Arm und schüttelte mich. »Gib mir gefälligst eine Antwort, wenn ich mit dir rede!«

Ich wollte mich losreißen, aber Ma war stärker. Ich fühlte mich in der Falle und hilflos und verdammt wütend.

»Das geht dich überhaupt nichts an«, schrie ich sie an.

»Es geht mich sehr wohl etwas an, wenn meine Tochter solche Nuttenkleider unter ihrem Bett hortet!«, schrie sie zurück. »Du ziehst so was doch nicht etwa an? Los, zeig mir deinen Rucksack!«

»Nein!!!« Ich wehrte mich und endlich gelang es mir, mich aus ihrer Umklammerung zu befreien. Ich rannte auf mein Zimmer und warf die Tür hinter mir zu. Ma kam hinterher. Ich wollte mir von ihr meine neue Identität nicht nehmen lassen. Schnell schloss ich die Tür ab.

»Alissa!« Ma rüttelte an der Tür. »Mach sofort die Tür auf. Du spinnst wohl?«

Und ich öffnete in aller Seelenruhe das Fenster und kletterte mit meinem Rucksack über den Baum nach unten auf die Straße. Mich einsperren? Nie wieder!

Ich rannte Richtung U-Bahn-Station, nur für den Fall, dass Ma inzwischen die Tür aufgekriegt hatte und auf die Idee kam, aus dem Fenster zu blicken. Dann holte ich tief Luft und überlegte, was ich nun mit den Kleidern machen sollte. Schließfach!, ging mir durch den Kopf. Ich könnte ja ab morgen die Verbindung über den Hauptbahnhof nehmen und mich immer dort umziehen. Auch wenn das auf Dauer ganz schön teuer werden würde. Aber egal! Ich hatte es so was von satt, immer nur das zu tun, was meine Eltern von mir wollten. Also fuhr ich zum Bahnhof, schloss meine Klamotten ein und kam mir unglaublich erwachsen vor. Und dann wusste ich nicht, was ich mit dem Rest des Tages tun sollte. Ich stieg in die nächstbeste S-Bahn und fuhr ziellos durch die Gegend. »Lichtenberg«, sagte auf einmal die Computerstimme und ich fuhr aus meinen Grübeleien auf. Das war doch die Haltestelle, an der ich mit Tara ausgestiegen war, als wir bei ihrer Oma waren? Ohne lange nachzudenken, verließ ich den Zug und machte mich auf, einfach so bei Tara hereinzuschneien.

Taras Oma öffnete und schien nicht im Mindesten überrascht. »Alissa! Schön, dass du auch kommst«, begrüßte sie mich.

Auch??, dachte ich, hielt aber den Mund.

»Geh einfach durch. Du weißt ja, wo Taras Zimmer ist.«

Ich zog meine Schuhe aus und lief den Flur entlang. Aus Taras Zimmer drangen gedämpfte Stimmen und Musik und ein eigenartiger Geruch quoll in den Flur. Ich fragte mich, wen Tara wohl zu Besuch hatte. Irgendwie hatte ich angenommen, dass sie genauso wenig Freunde hatte wie ich. Schließlich hing sie in der Schule immer allein rum oder mit mir. Aber es war natürlich total bescheuert, von mir auf sie zu schließen. Wie konnte sich das Alien herausnehmen, sich mit dem pitchblack Angel zu vergleichen?

»**Echt vermessen.** Du hast mit Tara ungefähr so viel gemeinsam wie 'ne Straßenkatze mit 'nem Tiger.« Leider war Alices Schweigen schon wieder beendet. Und obwohl sie recht hat, balle ich meine Hände zu Fäusten.**

Vielleicht hätte ich lieber doch nicht kommen sollen?, ging mir durch den Kopf. Sollte ich jetzt einfach das Zimmer betreten? Sollte ich anklopfen? Oder wäre es nicht am besten, sofort zu gehen? Aber nee, nun hatte mich

Taras Oma ja schon gesehen. Das würde ja total psycho aussehen, wenn ich jetzt einfach so abhauen würde. Nee, das ging gar nicht. Also riss ich mich zusammen, klopfte kurz und drückte dann die Klinke nach unten. Die Vorhänge waren zugezogen, ein paar Kerzen brannten und eine langsame, total schräge Musik waberte aus den Boxen. Drei Gestalten saßen auf Taras Bett und rauchten und zwei weitere lungerten auf dem Fußboden herum und sahen den Rauchkringeln hinterher, die sie aus ihren Mündern Richtung Decke schickten. Als ich das Zimmer betrat, verstummte das Gemurmel, die dichten Rauchschwaden, die vorher reglos im Raum gehangen hatten, verwirbelten sich durch die Zugluft auf einmal in viele kleine Pirouetten und Spiralen. Tara sprang auf und starrte mich seltsam an.

»Du?«, fragte sie.

»Ähm, sorry, stör ich?«

Tara warf einen irritierten Seitenblick auf die Leute in ihrem Zimmer. Dem Engel schien unwohl zu sein und er stand etwas unschlüssig herum. Aber schließlich sagte er:

»Nein, nein, komm rein.« Tara fasste mich an der Hand und zog mich neben sich auf das Sofa. Zu ihren Freunden sagte sie: »Das ist Alissa. Und ihr lasst sie gefälligst in Ruhe. Und zwar mit allem. Alissa –«, fing sie an. »Alissa ist nicht – wie wir.«

Das war ja eine seltsame Ansage, wunderte ich mich. Was war das hier? Der Klub der Vampire? Ich stellte mir Tara inmitten eines nächtlich-nebelverhangenen Friedhofs an einem altarartigen Grabmal vor, wie sie sich über mich beugte, ihre spitzen Eckzähne entblößte und ihre Huskyaugen neongrün leuchteten.

»Alissa, ich muss dir was sagen: Ich bin nicht wie die anderen ...« Und dann zubiss. Ich musste kurz grinsen, aber irgendwie erregte mich der Gedanke. Tara konnte alles von mir haben, alles. Mein Leben, meinen Körper, von mir aus auch mein Blut.

»**Hach, wie** pathetisch! ›Mein Leben‹ Dass ich nicht lache! Wer ist denn tot, weil er den ›absoluten Nullpunkt‹ gesucht und gefunden hat? Wer vegetiert hier noch herum und wünscht sich nichts sehnlicher als einen ordentlichen Schuss und ist zu feige, weil er an seinem armseligen Leben hängt? – Alissa. So, und nun wiederhole laut: Mein Leben, meinen Körper, mein Blut!« Ich schweige. Und Alice ist Alissas pure Verachtung für sich selbst.**

So langsam gewöhnten sich meine Augen an das Dämmerlicht und neugierig musterte ich Taras Freunde. Es waren zwei Mädchen und drei Jungs, so etwa in Taras Alter bis etwa Anfang, Mitte zwanzig.

»Ach so, darf ich vorstellen«, Tara deutete auf die Jungs. »Basti, Jaro, also eigentlich Jaromir, aber so nennt den hier keiner, und Leander.«

Basti stand auf, knickste und gab mir einen Handkuss.

»Küss die Hand, Gnädigste«, sagte er. Die anderen lachten.

»Halt die Klappe, Ösi! Die Dame ist bereits an eine andere Dame vergeben.«

Tara verdrehte die Augen.

»Nimm die einfach alle nicht so ernst.« Damit drehte sie sich um und zeigte auf die beiden Mädchen, die sich auf den Bodenkissen rekelten. »Lilly und die schöne Jamila.«

Die beiden schickten einen weiteren Rauchkringel Richtung Decke und nickten mir freundlich zu. Und Jamila merkte an: »Kannst mich auch einfach Mila nennen. Das klingt dann nicht so wichtig.«

»Na endlich lernen wir mal deine Gespielin kennen«, sagte Leander und irgendwas war seltsam daran, wie er das sagte. »Dann lass uns doch mal zur Feier des Tages ein Blech rauchen.«

»Das kommt gar nicht infrage. Nicht hier und nicht jetzt«, fauchte Tara ihn an.

»Pfff! Seit wann haste dich denn so? Das war doch noch nie ein Problem, hier was durchzuziehen. Du hast doch schon eine ganze Batterie Räucherstäbchen abgefackelt und deine alte Omama rafft das auch alles gar nicht mehr.«

Tara baute sich vor ihm auf, die Hände in die Seite gestemmt:

»Sprich gefälligst nicht so über Oma, sonst kannste gleich gehen!«

Leanders Augen verengten sich missbilligend, aber er schwieg.

»Ähm, was wollt ihr rauchen? Ein Blech?«, fragte ich und bereute meine Frage sofort wieder.

»Ach nix. Lass gut sein, Alissa. Ich denke, es reicht für heute. Vielleicht könnt ihr einfach alle mal gehen.«

Lilly, Jaro, Mila und Basti sahen sich fragend an.

»Wie meinste das jetzt?«, fragte Lilly und sah einigermaßen fassungslos aus. Jaro sprang ihr zur Seite: »Wo sollen wir denn jetzt schlafen? Alter, es schifft wie doof da draußen.«

Tara zuckte mit den Schultern. »Ihr werdet schon was finden. Jedenfalls könnt ihr nicht dauernd bei Oma rumhängen. Das wird zu viel für sie.«

Leander winkte ab. »Kommt, lasst uns abhauen. Ihr merkt doch, Tara will mit ihrer kleinen, cleanen Prinzessin allein sein. Ihr könnt bei mir pennen. – Aber nur eine Nacht.« Er stand auf und zog Basti vom Bett hoch. Irgendwas gefiel mir nicht an der Art, wie er das gesagt hatte. Auch die anderen hatten sich inzwischen erhoben und auf einmal hing ein extramieses Karma im Raum. Sie trollten sich zur Wohnungstür und riefen Taras Oma von Weitem ein »Tschüss« zu, und ehe sie im Treppenhaus verschwanden, raunte Leander Tara noch zu: »Bist ja echt 'ne tolle Freundin.«

»Pfff! So Freunde wie dich muss man sich erst mal leisten können und ich kann es nicht.« Damit warf Tara die Tür hinter ihnen ins Schloss. Ich war mit den anderen aufgestanden, stand aber noch immer unschlüssig auf der Schwelle zu Taras Zimmer.

»Soll ich auch gehen?«, fragte ich sie.

Tara lächelte mich an. »Nee, du bleibst, mein Schatz.« Sie kam auf mich zu und schob mich in ihr Zimmer zurück.

Eigentlich wollte ich sie fragen, was das alles zu bedeuten hatte, mit dem Blech und warum ihre Freunde hier übernachten wollten und ob sie kein Zuhause hatten und warum Leander so seltsam war, aber Tara legte ihre Hände auf meine Wangen und zog vorsichtig meinen Kopf zu sich. Ich schloss die Augen und Taras Lippen trafen auf meine, so weich, so zärtlich. Wieder verkrümelte sich die Zeit nach irgendwo, alle Uhren hatten aufgehört zu schlagen, zu ticken, zu zählen. Jetzt war jetzt war jetzt. Taras Hände, ihre Lippen überall auf meinem Körper, meine Klamotten irgendwann verstreut überall auf ihrem Boden. Alles war einfach. Einmal im Leben war alles einfach, so einfach. Ein einziges Mal.

»Pfff. Du willst es einfach? Du musst nur zum Kotti und dich zu Basti durchfragen«, sagt Alice. »Ganz einfach. So einfach. Und dann ...« Alice seufzt. »Erlösung.«

Die ganze Nacht blieb ich bei Tara und am nächsten Morgen fuhren wir zusammen in die Schule. Es war mir schon klar, dass das mächtig Stress zu Hause geben würde. Aber nennt mir eine Sache, für die man nicht zahlt im Leben. Und diese Nacht – unbezahlbar.

Und so kam es, wie es kommen musste. Meine Eltern drehten völlig durch. Hausarrest bis Ultimo, Taschengeld gestrichen, Internetverbot außer für Hausaufgaben, höchstpersönlich von Ma überwacht. Sie hatten sich meinen Stundenplan an der Schule organisiert und der Schulabholdienst war nun unumstößliches Familiengebot. Wenn Pa nicht konnte, kam Ma, und zur Not war es Pia, die aufpasste. Knast total. Family overdose. Jeder Herzschlag eine Ewigkeit. Würgende Familienbande, aufziehende Atemdepression, Stillstand, Stillstand, Stillstand, tick, tack, kkkkkkkkkrrrrrrzzzzzzz, eine Platte, die sich aufgehängt hat, letale Langeweile, Pieeeeeep! Exitus.

Vier Wochen lang konnte ich Tara ausschließlich in der Schule treffen und das war Tara zu wenig, und wenn Tara etwas zu wenig war, ließ sie sich das nicht bieten. Und so baute sie sich eines Tages vor mir auf und sagte: »Süße, so geht das nicht weiter. Wir sind zusammen und die einzige Zeit, die uns bleibt, sind die dreißig Minuten in der Pause und wenn wir Glück haben, noch mal beim Schulmittagessen. Das ist ja wohl kaum eine Beziehung zu nennen.« Sie funkelte mich wütend an und mir blieb fast das Herz stehen.

»Heißt das, ich meine, willst du dich von mir trennen?«, fragte ich ängstlich.

»Nein, dummes Huhn. Ich will mit dir an der Spree in

der Sonne abhängen, ins Kino gehen, irgendwohin fahren und deinen nackten Körper unsäglich schönen Dingen aussetzen. Aber ich will nicht länger eine Beziehung mit dir führen, die nur aus Pausen-Small-Talk besteht.«

»Aber – was soll ich denn machen? Meine Family lässt mich nicht aus den Augen. Ich hab noch wochenlang Hausarrest.«

»Was soll ich denn machen, was soll ich denn machen«, äffte sie mich nach. »Vielleicht erzählste deinen Ellis mal, dass du seit zwei Monaten mit einer schnieken Tussi zusammen und kein Kleinkind mehr und nicht bereit bist, dir diesen Knast länger bieten zu lassen!«

»Tara, du hast keine Ahnung, was du da von mir verlangst. Es wäre schon die Hölle für meine Family, wenn ich ihnen erzählen würde, dass ich einen Freund habe. Aber wenn ich jetzt ankomme und sage, ich schlafe mit einer Frau, dann halten die mich für pervers, schicken mich zum Psychologen und stecken mich sofort ins Internat!«

»Vielleicht wäre es ja eher mal an der Zeit, deine Fundi-Eltern zum Psych zu schicken?«

»Mann, du weißt doch, dass ich meine Zeit lieber mit dir verbringen würde. Ich langweile mich doch zu Tode. Jede Minute ohne dich ist eine verlorene Minute.«

»Pfff! Es gibt nichts Gutes, außer man tut es. Das Leben pulst da draußen. Worauf wartest du? Willst du ewig deine Zeit mit diesen geistigen Mumien verschleudern? Wenn ja, dann mach das. Aber ohne mich.« Damit drehte sie sich auf dem Absatz um und ging.

»Tara!!! Warte!« Ich geriet in Panik und rannte hinter ihr her. »Bitte, warte!«

Tara blieb kurz stehen und wandte sich zu mir um. »›Wer nicht kämpft, hat schon verloren!‹ Das kannste schon beim ollen Brecht nachlesen.« Dann ging sie ungerührt weiter, und als ich ihr so nachsah, hatte ich den Eindruck, dass sie in den letzten Wochen ziemlich abgemagert war.

Ich hätte heulen können, beherrschte mich aber gerade noch so. Pas BMW verschluckte mich und spie mich wieder aus. Wie es aussah, der Auftakt für ein beschissenes Wochenende. Aus lauter Langeweile machte ich meine Hausaufgaben gleich. Dann schloss ich die Tür ab, ignorierte, dass ich zum Abendessen gerufen wurde und verstöpselte mir die Ohren mit meinen Kopfhörern. Erst Freitagabend und schon wieder die totale Familiendröhnung. Ich klickte »Soap & Skin / Lovetune Vacuum« auf meinem MP3-Player an. Tara hatte mir das Album gegeben. Vielleicht könnte ich das Wochenende einfach verschlafen. Ich spielte »Sleep« ab.

»*I will be good to you ... / I'll dream of what I've dreamed of / And I dream of what I call love ...*«

So klang Taras weiche Seite und ich schmolz vor mich hin und heulte und konnte nicht schlafen. »Es gibt kein richtiges Leben im falschen.« Dieses Adorno-Zitat, das wir neulich in Deutsch beackert hatten, spukte auf einmal in meinem Kopf herum, und ich wunderte mich über mich selbst, dass ich es mir gemerkt hatte. Das war doch so kein Leben. Tara hatte recht. Das Leben pulsierte irgendwo da draußen an mir vorbei und ich wurde bei lebendigem Leib in der Familiengruft beigesetzt. So ging das einfach nicht mehr weiter. Und wenn Tara mich nun verließ, nur weil ich zu schwach war, mich aus meinem falschen Leben zu befreien, dann war ich ja wohl selbst daran schuld. »Wer nicht kämpft, hat schon verloren.« Na-ja-Alissa. Hatte ich nicht jedes Mal mehr gewonnen als verloren, wenn ich mich mit meinen Eltern angelegt hatte? Der Besuch im Kino, die Nacht der Nächte bei Tara. Und überhaupt: war es nicht langsam Zeit, klar Schiff zu machen? Immerhin wurde ich ja bald sechzehn! Ich lauschte, ob noch irgendwer wach war, aber im Haus war alles ruhig.

»Mein Engel, egal wo du bist, ich komme zu dir. Mir ist alles egal außer du. Kuss. Das Alien.« Und schon war die SMS zu Tara unterwegs und wenn sie antworten würde, hatte ich ab jetzt keine Wahl mehr. Zwei Minuten später:

»Süße :O)))))) !!! Sind im ›Duncker‹. Warte am Eingang auf dich.«

Mein Herz klopfte wie doof. Aber dann fiel mir ein, dass ich ja gar kein passendes Outfit hatte. Was ein Aufriss, jetzt musste ich erst zum Schließfach im Hauptbahnhof, um dann wieder in meinen Kiez zurückzugondeln. Was ein Wahnsinn. In meinem Leben musste sich ab jetzt wirklich so einiges ändern.

»Komme ASAP. Schätzungsweise 1 Stunde. Kann dich kaum erwarten :O*«.

Ich ließ meine Zimmertür verschlossen und machte mich über den Baum Richtung Schließfach davon.

Auf der Toilette im Tiefbahnhof war jede Menge seltsames Volk unterwegs, und ich sah zu, dass ich Land gewann. Schnell die Klamotten gewechselt, nur beim Schminken gab ich mir heute ganz besonders Mühe. Ich warf mir einen prüfenden Blick im Spiegel zu. Nicht schlecht. War das wirklich noch Alissa Johansson? Scheißegal, wer auch immer ich jetzt war, es fühlte sich verdammt gut an und damit schlüpfte Aschenputtel zurück in die Berliner Nacht.

Ich erwischte gerade noch eine Bahn, musste aber noch mal umsteigen und ließ mich schließlich auf einen der Sitze fallen. Unglaublich. Heute würde das Alien nach fünfzehn Jahren auf dem Blauen Planeten das erste Mal seinen Fuß in eine Disco setzen und das machte mich einigermaßen zappelig. Ich sah auf die Uhr. Wenn alles glattging, müsste ich Tara nicht warten lassen. Und dann fiel mir ein, dass ich ja gar nicht tanzen konnte und dass Tara, weil sie eben Tara war, sicher mit mir tanzen wollte. Alien versus Angel. Was Tara nur an mir fand? Die konnte doch wirklich jeden oder jede haben. Und während ich mal wieder in ziemlich nutzlosen Grübeleien versank und mich schon wieder ziemlich klein und ängstlich fühlte, bemerkte ich, dass der alte Sack, der mir schräg gegenübersaß, mir ziemlich dreist auf die Brust starrte.

Nervös zupfte ich an meiner Jacke herum und für einen Augenblick dachte ich, dass ich mich vielleicht in der ollen biologisch abbaubaren elterlichen und blickdichten Baumwollkluft zumindest im Augenblick wohler gefühlt hätte.

Reiß dich gefälligst zusammen, befahl ich mir. Immerhin sabbert er noch nicht, dachte ich und musste grinsen. Alter, wenn du wüsstest, dass Typen mich noch nicht mal interessieren und das Mädchen, mit dem ich die Nacht verbringen werde, noch tausendmal schärfer ist als ich ...

Am Alex sprang ich aus der S-Bahn und stieg in die U2 um, wo ich gleich an der Tür stehen blieb. Und als die U-Bahn in den Tunnel einfuhr, spiegelte die gläserne Zugtür den Bereich, der sich in meinem Rücken befand, und mein Blick stieß auf der Scheibe mit dem des Glotzopas zusammen. Und als der sah, dass ich ihn erkannt hatte, warf er mir einen echt widerlichen Blick zu und mir wurde fast schlecht. Die ganze Fahrt lang sah ich angestrengt in eine andere Richtung, aber die ganze Zeit fühlte ich seinen Blick auf mir. Mir lief ein Schauer über den Rücken und auch wenn er nichts weiter machte, als mich anzustarren, fühlte ich mich eklig und irgendwie betatscht.

Als die Bahn endlich die Prenzlauer Allee erreicht hatte, sprang ich aus dem Zug und rannte, so schnell ich konnte, davon. Ein paarmal blickte ich mich noch um, ob der Typ mir folgte, aber zum Glück hatte er sich mit der Glotzattacke begnügt.

So langsam kam ich wieder runter und schlenderte Richtung »Duncker«. Kurz bevor ich den Klub erreicht hatte, zog ich noch einmal den Taschenspiegel, den mir Tara geschenkt hatte, hervor und kontrollierte mein Gesicht. Ich trug noch einmal Gloss auf und dabei lief ich Tara direkt in die Arme. Sie umarmte mich lange und sagte: »Ich bin so stolz auf dich, dass du gekommen bist. Glaub bloß nicht, dass ich nicht weiß, dass das ziemlich schwierig für dich war. Aber hey, du bist fast sechzehn. Da kannst du dich einfach nicht mehr wie ein Baby behandeln lassen.«

Dann ließ sie mich los und musterte mich von Kopf bis Fuß. »Du siehst so klasse aus in dem Teil.«

»Hm, das hat so ein widerlicher Typ wohl auch gefunden«, sagte ich und erzählte ihr von dem Vorfall mit dem Glotzopa. Taras Augen verengten sich für einen Augenblick und sie schüttelte sich.

»Die alten Säcke sind meistens am schlimmsten. Halt dich bloß von denen fern!« Keine Ahnung, warum sie sich so aufregte, aber dann heiterte sich ihre Stimmung sofort wieder auf. »Lass mich raten: Du warst doch bestimmt in deinem ganzen Leben noch nie in einem Klub.«

Ich nickte.

»Hey, Premiere, Süße. Das muss aber ordentlich gefeiert werden«, meinte sie und zog mich in den »Duncker«. Sie zeigte ihren Stempel und zahlte für mich. Als ich protestieren wollte, sagte sie: »Nein, nein, mein Schatz. Heute bist du mein Gast.«

Wir gingen nach drinnen und auf der Bühne arbeitete sich eine ziemlich abgespacte Band mächtig ab. Im Schwarzlichtgewitter fiel es mir schwer, die Orientierung zu behalten und ich war froh, dass Tara mich zielsicher über die Tanzfläche bugsierte. Schließlich blieb sie stehen und stellte mich bei einem Grüppchen ab. Es dauerte eine Weile, bis sich meine Augen an die Lichtverhältnisse gewöhnt hatten, aber dann erkannte ich, dass es sich bei den Leuten um Basti, Leander, Mila, Jaro und Lilly handelte. Lilly und Jaro befummelten sich gegenseitig und zischten erst einmal Richtung Tanzfläche ab, wo sie sich seltsam umeinanderwanden und jede Menge Spaß zu haben schienen, und Basti flocht Zöpfchen in Milas Haare. Als er fertig war, glitten seine Finger blitzschnell in ihre Handtasche, ohne dass es Mila bemerkte, und fischte ihren Taschenspiegel heraus, ließ ihn geschickt aufklappen und hielt ihn ihr zur Begutachtung ihrer neuen Frisur vors Gesicht. Einen Moment wanderte Milas Blick irritiert von ihrer Tasche zu Basti. Dann lachte sie laut auf und knuffte Basti in die Seite. Nur Leander stand etwas abseits und rührte mit einem Strohhalm gelangweilt in seinem Glas. Tara, die kurz verschwunden war, kam mit zwei Flaschen Desperados angeschlingert und drückte mir eine davon in die Hand. Im Flaschenhals steckte eine Limettenspalte, und ich war mir nicht sicher, ob ich die nun herausfischen sollte, ehe ich die Flasche ansetzte oder nicht. Aber Tara drückte die Limette in die Flasche, das Zeugs schäumte mächtig und Tara stieß mit ihrem Flaschenboden an meinen und nahm einen kräftigen Zug und ich machte es genauso. Als Basti sah, dass Tara zurückgekehrt war, ließ er von Mila ab und fragte sie irgendwas. Tara nickte und Basti verschwand in Richtung Ausgang. Ich sah den Engel fragend an, aber Tara winkte ab, kletterte auf einen Barhocker und zog mich zwischen ihre Beine. Eine ganze Weile starrten wir beide auf die Tanzfläche, und ich war ziemlich glücklich, bis ich das Gefühl hatte, beobachtet zu werden, und ich fing Leanders Blick auf, der vorsichtig formuliert ziemlich giftig war. Eines war mal klar, Aliens schien er auf den Tod nicht ausstehen zu können.

Auf einmal stand Basti neben uns und klopfte Tara auf die Schulter. Mit den Brauen bedeutete er ihr, ihm zu folgen.

»Bin gleich wieder da, Süße«, flüsterte Tara, und ehe sie vom Barhocker glitt, biss sie mir leicht ins Ohrläppchen. Sie verschwand mit Basti irgendwo in den Innereien des »Dunckers« und schon fühlte ich mich gar nicht mehr so wohl in meiner Haut. Mila schien das gemerkt zu haben und lächelte mir aufmunternd zu und ich grinste schief zurück. Aber es war zu laut, um sich zu unterhalten.

Meine Flasche hatte ich mittlerweile auch bis auf den Grund geleert und ich beschloss, mir an der Bar Nachschub zu besorgen. Als ich einen Schritt nach vorne machte, merkte ich, dass der Alkohol schon ein wenig wirkte. Und das war gut so. Ich organisierte mir noch ein Desperados, aber als ich an unseren Platz zurückkam, war keiner mehr da. Leander war irgendwohin entschwunden, nicht dass ich das bedauert hätte, und Mila hatte sich zur Tanzfläche vorgearbeitet, wo sie eng umschlungen mit einem riesigen Afrikaner tanzte. Von Tara und Basti keine Spur. Meine plötzliche Unruhe ging mir auf die Nerven.

Jetzt mach dich mal locker, Alissa!, befahl ich mir und setzte die Flasche an. Und damit das mit dem Lockerwerden besser klappte, gleich noch mal.

Mein Blick tastete sich wie ein großer Fühler durch den Raum nach Spuren von Tara, aber nichts. Ich ließ mich auf dem Hocker nieder und nahm noch einmal einen kräftigen Zug aus der Flasche. Das Alien starrte vor sich hin. Vielleicht war das Ganze hier doch nicht so ganz sein Planet. Aber auf einmal legte sich irgendwas in meinem Kopf um und die Musik, die bisher nur um mich herum gewesen war, fuhr mir direkt in den Leib, der Rhythmus ergriff Besitz von mir und irgendwie wurde ich ganz zappelig. Ich nahm noch mal einen Zug aus der Flasche und pirschte mich an die Tanzfläche heran. Und dann, ich weiß auch nicht, so gar nicht Alissa-like begann ich zu tanzen. Am Anfang schielte ich noch nach links und rechts, ob es irgendwen scherte, dass und wie ich tanzte. Aber niemand nahm Notiz von mir. Das Alien war gelandet. Die Welt entglitt mir, mein Körper löste sich auf im Rhythmus, ich war ganz da und völlig weg. In diesem Augenblick fasste mich jemand von hinten an die Taille. Erschrocken drehte ich mich um. Es war Tara, die mir noch ein Desperados mitgebracht hatte und mich breit anlächelte.

»Ich hätte ja meine rechte Hand dafür verwettet, dass es mich mindestens fünf Desperados und 'ne Flasche Wodka kostet, dich zum Tanzen zu bringen. So kann man sich irren.«

Sie stieß mit mir an und schlang ihre sehnigen Arme um mich. Alles drehte sich und das war gut so. Und mein Körper tanzte ganz allein mit Taras Körper. Und unsere Zungen wanden sich umeinander. Und das war noch besser. Und das Beste war, das alles musste eine halbe Ewigkeit gedauert haben, denn als wir irgendwann ins Freie traten, war es taghell, und die armen Kreaturen, die am Samstag arbeiten mussten, hasteten schon wieder mit verkniffenen Gesichtern ihrem Elend entgegen. Und das war irgendwie, als wären zwei Realitäten ineinandergeschnitten worden, die nichts, aber nicht mal das Geringste miteinander zu tun hatten. Und es hätte mich nicht gewundert, wenn ich durch die Frühaufsteher einfach hätte hindurchgehen können, weil sie ja gar nicht real sein konnten.

Als wir in Taras Zimmer angekommen waren, warf Tara ihre Jacke einfach auf den Boden und dabei rutschte ein quietschbuntes Bild mit lauter Augen in einer Pyramide aus einer der Taschen. Ich bückte mich und hob es auf. Es handelte sich um eine kleine bunt bedruckte Kartonseite, die seltsamerweise jede Menge winziger Perforationen trug, die die Pappe in winzig kleine Quadrate teilte.

»Wozu ist das denn?«, fragte ich Tara.

»Ach, das ist nichts. Nur Kunst.«

»Ja, klar.« Ich zeigte ihr einen Vogel. »Kunst. Abgedroschener als ein Auge in 'ner Pyramide geht ja wohl kaum noch.«

Tara nahm mir den Karton aus der Hand. »Ach, lass das doch jetzt.«

»Nee. Ich denke nicht dran. Was soll das? Ständig spielst du die Geheimnisvolle. Ich denke, wir sind zusammen?!!«

Tara verdrehte die Augen. »Mann, das ist 'ne Pappe, okay?«

Ich sah sie verständnislos an. »Das seh ich selbst, dass das Pappe ist.«

»Na dann ist ja alles klar.«

»Wofür ist das?« Ich ließ nicht locker.

»Wenn du es genau wissen willst: Lysergsäurediethylamid, Acid, LSD. Das natürliche Vorbild wächst als schwarzer Pilz auf Getreide. Mutterkorn. Und das hier ist synthetisch und auf Karton aufgetropft und nennt sich Pappe oder Trip oder Ticket, okay?«

»Du nimmst LSD???«, fragte ich ungläubig.

»Na ja, eher selten. Aber wenn sich mal die Gelegenheit bietet … Außerdem kann ich den Rest ja verticken.«

»Bist du bescheuert? Du verkaufst Drogen?«

»Nee, normalerweise nicht. Aber hey, so viel Pappen kann ich gar nicht fressen, wie da drauf sind.«

Tara brach in aller Seelenruhe eines der kleinen Quadrate heraus und balancierte das winzige Ding auf der Spitze ihres Zeigefingers.

In meinem Kopf herrschte plötzlich Krieg. Ich fühlte mich schlagartig wieder nüchtern. Trotzdem verwirbelte alles. Schnell. Schneller. Es war nicht so, dass ich Tara diese Sache grundsätzlich nicht zugetraut hätte. Drogen. Ich hatte einfach noch nie darüber nachgedacht. Und jetzt fühlte ich mich überrumpelt. Und die Alissa-Johansson-Erziehung sagte: Evil. Hands off. Und der Rest von mir war pure Aufregung. Dieses winzige Stückchen Pappe war der Gegenentwurf zum Thoralf-und-Jasmin-Johansson-Universum, das dreimal streichholzkopfgroße Tor in eine andere Welt. Und auf einmal wollte ich nichts sehnlicher als durch dieses winzige Tor schlüpfen, scheißegal, ob sich dahinter nun das Paradies oder nur eine andere Hölle verbarg. Wie in Zeitlupe zog ich Taras Zeigefinger vorsichtig vor mein Gesicht. Das rotgrünlilagelbblaue Pyramidenauge starrte mich an und ich starrte zurück. Und je länger ich starrte, desto mehr kam es mir vor, als würde es mir zuzwinkern, und das war ganz schön schräg.

Tara sah mich seltsam an. Und auf einmal entzog sie mir ihre Hand mit einem kräftigen Ruck, sodass die kleine Marke zu Boden segelte. Sie hob sie auf und schob sie sich hastig in den Mund.

Ich grapschte nach Taras Oberarm und drückte ihn. Fest. Zu fest.

»Tara, bitte, ich will auch.«

»Au! Bist du blöd?« Sie blitzte mich zornig an und

befreite sich von meinem Griff. »Fang mit dem Scheiß gar nicht erst an.«

»Wieso? Macht das abhängig?«

»Eher nicht.«

Und nun wurde ich sauer. »Warum gibst du mir dann nichts ab? Ist das teuer? Ich kauf dir eine Pappe ab.«

»Vollidiotin! Darum geht es gar nicht. Aber im schlimmsten Fall trittste dir 'ne astreine Psychose ein.«

»Und du? Dir kann das natürlich nicht passieren, oder was?« Ich wurde immer wütender.

»Doch, schon.« Tara wandte mir den Rücken zu und legte Musik ein.

»Ach ja, ich vergaß: Die tolle Tara kann sich selbstverständlich alles herausnehmen, aber die naive kleine Vollidiotin, wondering Alissa, die soll dir nur dabei zusehen. Wer bitte schön hat denn gesagt: Das Leben pulst da draußen an dir vorbei? Und jetzt bin ich hier und jetzt bist du es, die mich einsperren will???«

Tara setzte sich zu mir aufs Bett und legte den Arm um mich.

»Süße, ich will einfach nicht, dass dir was passiert.« Sie streichelte mir beruhigend über die Schultern. Aber ich schüttelte sie ab.

»Tara, verdammt, ich will, dass du mich mitnimmst, egal, wohin du jetzt gerade gehst.«

Tara hatte ihren Kopf zwischen beiden Händen vergraben und irgendwie sah sie traurig aus. Aber ich war noch immer in Rage und ich stand einfach auf und brach mir ein Quadrat aus dem Karton heraus. Ich merkte, wie Taras Blick jede meiner Bewegungen verfolgte, und dann sprang sie auf, entwand mir die Pappe und riss sie in der Mitte entzwei. Die eine Hälfte legte sie auf ihren Schreibtisch, die andere reichte sie mir.

»Versteh das jetzt nicht falsch, aber besser, du nimmst erst mal 'ne Halbe.« Ihre Augen glänzten feucht und mit tonloser Stimme fügte sie hinzu:

»Ich glaube, ich bin nicht gut für dich.«

Ich legte mir die Pappe auf die Zunge und als sie feucht war, schluckte ich sie hinunter. Dann sagte ich: »Doch, Tara. Du bist das Beste, was mir jemals begegnet ist.«

Wir fielen uns in die Arme und blieben so, und es dauerte eine halbe Ewigkeit, bis ich was merkte, aber dann war alles so bunt, so unendlich, so unerträglich schön, dass ich heulte wie ein Schlosshund, und Tara hielt mich und küsste mir die Tränen vom Gesicht, und das Universum, es sprach mit mir, ohne Stimme, auf einmal gehörte es dazu, das Alien, gehörte dazu zu diesem unendlichen Universum, und in dieser Nacht fühlte ich mich wie ein Freibeuter des Glücks, so frei, so unabhängig, so unverwundbar.

Alice verdreht die Augen.

»Denk gar nicht daran, jetzt irgendwas Fieses zu sagen!«, warne ich sie.

»Ich und was Fieses sagen. Pfff ...«

Erst am späten Sonntagabend tauchte ich wieder zu Hause auf. Das übliche Gezeter. Betroffenheitsscheiße. Warum tust du uns das an? Darum. Weil ich erwachsen werde und das keiner sieht. Und dann ließen sie die Bombe platzen.

»Alissa, wenn das mit dir noch länger so weitergeht, werden wir dich auf ein Internat schicken. In Brandenburg. Seit einem Jahr geht das schon so. Egal was, du bist dagegen. Immer öfter bleibst du einfach weg. Was soll das? Kannst du dir nicht vorstellen, dass wir uns Sorgen machen? Nichts, gar nichts erzählst du uns. Wir kommen gar nicht mehr an dich ran. Mit dir kann man überhaupt nicht mehr zurechtkommen.« Der Muttermonolog.

»Du kannst über alles mit uns sprechen.« Der Vatermonolog.

»…« Alissas äußerer Monolog. Na klar. Ich kann mit euch sprechen. Ma, Pa, ich habe eine Freundin. Ich werde jetzt öfters bei ihr schlafen. Alissas innerer Monolog, ein äußeres Augenrollen. Pfff! Internat. Das glaubten sie ja wohl selbst nicht!

Und bevor sich Alissa Johansson noch weiterem Gezeter und Betroffenheit und Tränen aussetzte, ging sie auf ihr Zimmer und schloss sich ein.

Und weil ich einfach nicht glauben konnte, dass meine Eltern ernstlich vorhatten, mich auf ein Internat zu schicken, machte ich einfach weiter, was ich wollte. Und dann kam dieser Tag in der Fabrik. Tara hatte mächtig eingekauft und nun standen wir vor dem verrosteten Gitterzaun. Ewig hoch. Ich warf Tara einen fragenden Blick zu.

»Und? Wie kommen wir da jetzt rüber?«

»Wart's ab, Süße.«

Tara stiefelte los und ich wunderte mich, dass sie mit ihrem gigantischen, scheppernden Rucksack noch so gerade gehen konnte. Ich folgte ihr. Mitten in eine blühende Hecke. Tara bog ein paar Zweige auseinander. Ich hinterher. Die Dornen zerkratzten meine nackten Oberarme und ein großes Fragezeichen schwebte über mir. Tara drang immer tiefer vor. Schließlich blieb sie stehen, ging in die Hocke, und da sah ich, dass an dieser Stelle die Eisenstäbe auseinandergebogen waren. Tara setzte ihren Rucksack ab, wand sich zwischen den Stäben hindurch und ich schob ihr den Rucksack zu. Dann zwängte ich mich hinterher.

Vor uns lag eine riesige öde Fläche, die hufeisenförmig von verrottenden Gebäuden umschlossen wurde. Eine Menge Zeugs blühte und duftete vor sich hin, und irgendwie war es gar nicht mehr wie in der Stadt, aber wie auf dem Land war es auch nicht. Tara bahnte sich ihren Weg durch das dornige Gestrüpp. Der Angel of Decay schwebte mit prächtigster Laune vor mir her und pfiff ziemlich falsch irgendwas vor sich hin. Je näher wir dem Hauptgebäude kamen, desto mehr knirschte es unter unseren Füßen. Die Sonne warf einen rötlichen Schein in zerbrochenes Fensterglas, Holzbohlen, verkohlt, darin rostige

Nägel, verbogen, angriffslustig, Wellblechfragmente, Kippenstummel, zertretene Dosen, geborstene Bierflaschen, alte Isolatoren, erinnerungsfleckige Kleiderreste, alles, was die schnieke Hauptstadt ausgekotzt hatte, weil es nicht funktionierte, weil der Lack ab war, weil es nicht schön, weil es nicht oberflächlich genug war, all das sammelte sich in dieser Zwischenwelt und führte hier ein Eigenleben.

Wir betraten das, was wohl mal so eine Art Foyer gewesen sein musste. Das Gebäude verströmte einen eigenartigen Geruch, irgendwie süßlich und staubig. Eine schuttübersäte Treppe mäanderte über mehrere Stockwerke und man musste aufpassen, dass man nicht auf den ganzen alten Flaschen ausrutschte, die überall kreuz und quer lagen. Je höher wir kamen, desto verwinkelter wurde das Gebäude und desto mehr schienen die Decken in die Knie zu gehen. Als wir die letzte Etage erreicht hatten, konnten wir gerade noch so stehen und es war, als duckten sich die Wände vor dem Himmel, der durch die fehlenden Schindeln im Dach hereinbrach. Der seltsame Geruch und die plötzliche Enge erzeugten ein Gefühl der Beklemmung.

»Verdammt, was soll das denn werden? Was wollen wir hier oben eigentlich?«

Tara lächelte geheimnisvoll. »Wart's doch mal ab. Das wird ganz groß.«

Ich verdrehte die Augen. Manchmal hatte Tara echt Ideen. Wir liefen quer durch den von Taubenkacke weißen Dachboden, der Fußboden knackte und knarrte, an manchen Stellen konnte man hindurchgucken, und ich malte mir aus, was passieren würde, wenn jetzt eine Bohle durchbrach. Plötzlich hörte ich Gelächter und drehte mich um, konnte aber nichts erkennen.

Tara lachte und schüttelte den Kopf. »Nee, über dir.«

Wir gingen weiter, bis wir ein kleines, ovales Fenster erreichten, dessen Rahmen mit Scherben gespickt war. Mit dem Fuß stieß es Tara auf, irgendwas rumpelte über das Dach.

»Ooops«, meinte sie und kletterte nach draußen. »Wo bleibst du denn?«, rief sie ungeduldig und ich machte, dass ich nachkam. Das Fenster führte direkt auf ein anderthalb Meter tiefer gelegenes Flachdach. Tara winkte mir. Ich sprang und hoffte, dass es nicht morsch war. Als ich unten aufkam, gab es ein seltsam hohles Geräusch. Ich warf einen Blick nach unten und ein Schauer lief mir über den Rücken. Wir waren verdammt hoch. Mindestens dreißig Meter, und die Welt da unten sah schon ganz schön weit weg aus und die Welt hier oben war irgendwie schräg. Dachpappen-Feuerleitern-Schornstein-Land. Irgendwer hatte auf jeden Kamin ein Skelett gesprayt und darunter stand:

»Pimp up your life.« War ich ja auf dem besten Weg. Von irgendwo hinter dem Wald aus Kaminen kam wieder Gelächter und irgendein wildes Punk- und Ska-Geschrammel. Tara stiefelte zielstrebig darauf zu. Wir umrundeten eine Art Hütte und davor standen ein paar zerschlissene Sessel und ein paar verkeimte Sofas, auf denen sich die üblichen Verdächtigen lümmelten. Natürlich war auch Leander wieder mit dabei. Leider.

»Hey, Tara, haste an Nachschub gedacht?«, fragte Basti und Tara ließ sich auf eines der Sofas fallen, das klang, als wollte es gleich alle seine rostigen Federn ausspucken.

»Na klar«, sagte sie und stellte ihm Bier und Wein und Wodka vor die Nase. Ein Bier reichte sie mir und dann stießen wir an und es ging uns ziemlich gut in unserem Open-Air-Wohnzimmer. Alles quasselte durcheinander und wir hatten jede Menge Spaß und sogar Leander war zu ertragen.

Und was auch ganz unglaublich war, Jamila und Lilly und Jaro, sie lebten hier. Lebten in der alten Fabrik.

»Willste mal unsere Gemächer sehen?«, fragte Lilly plötzlich.

Na klar, das wollte ich.

Wir kletterten wieder zwei Etagen nach unten und als wir eine schwere Brandschutztür öffneten, lag ein riesiger lichtdurchfluteter Raum vor uns. Ein surrealer Moment. Die Fenster waren fast alle eingeschlagen und trotzdem hatte der Raum nichts Bedrohliches. In der Mitte stand ein altes Bett, so eines, wie meine Urgroßmutter gehabt hatte. Aus Holz und mit schnörkeligen Enden. Und über dem Bett schwebte ein Baldachin aus schmutzstarrenden bunten Tüchern. Links und rechts dienten zwei Bierkästen als Nachttischchen, auf denen Tabak zum Drehen und ein paar Bücher lagen. Und auf dem Fußboden stand ein Meer aus Teelichtern. Aber das Schönste war ein Baumstamm, der in der Mitte des Raumes an zwei Seilen schwebte.

»Na, willste mal?«, fragte Jaro.

Ich nickte und ließ mich auf dem Stamm nieder und Tara schubste mich an. Und so schaukelte ich im warmen Vorabendlicht in diesem verblichenen Palast in diese Mischung aus Anarchie und Melancholie hinein und ich hätte schreien können, weil ich mich gerade so wohlfühlte in dieser Welt, die nicht normal war, aber ziemlich poetisch.

»Hier wohnen Jaro und ich«, sagte Lilly.

Tara hatte aufgehört, den Stamm anzuschubsen und ich glitt von der Schaukel.

»Und ganz dahinten hat Jamila ihr Reich.« Lilly deutete irgendwo nach vorne, was aber ganz weit weg war.

»Und ihr wohnt wirklich die ganze Zeit hier?«, fragte ich aufgeregt.

»Ja, na klar. Das spart 'ne Menge Miete, das kannste aber glauben«, lachte Jaro.

Wir gingen wieder nach oben und die anderen erzählten ein bisschen aus ihrem Leben.

Basti war eigentlich Wiener. Eine Zeit lang war er Punk gewesen und war herumgezogen und in fast jeder europäischen Großstadt schon einmal abgestiegen. Momentan hatte er sich Berlin auserkoren, aber nur, bis er genug Kohle hatte, um wegzugehen.

Und Jamila erzählte, dass sie keine Lust gehabt hat, den Typen zu heiraten, den ihre Eltern für sie ausgesucht hatten. Und deswegen war sie abgehauen aus der Provinz und dann hatte sie Jaro und Lilly kennengelernt und nun wohnte sie eben hier.

»Aber nur so lange, bis ich mal einen stinkreichen oder wenigstens einen wunderschönen Mann kennenlerne«, betonte sie und grinste.

Und Jaro und Lilly, die hatten auch mal ganz normal gelebt. Eine Ausbildung gemacht und ein halbes Jahr gearbeitet. Aber dann war es ihnen so sinnlos erschienen, sich jeden Tag zur gleichen Zeit zum immer gleichen Ort zu schleppen, um dort das Immergleiche zu tun, sodass sie eines Tages einfach aufgehört hatten, dorthin zu gehen. Na ja, und als die Kohle dann aufgebraucht war, waren sie eben in die alte Fabrik gezogen und da hatten sie viel mehr Platz als in der ollen Mietwohnung.

Und so quatschten wir und quatschten und der Himmel färbte sich schon blau und immer blauer und die Sonne rollte Richtung Horizont und tunkte die ganze Stadt in Dunkelorange. Und es war Mai. So richtig Mai und fast schon Sommer. Alles prall und kurz vorm Explodieren. Da war es doch, das Leben. So wie es sein sollte.

»Schaut mal, Berlin brennt«, sagte Lilly, lachte und deutete mit ihrer Flasche auf die Stadt hinunter. Und wirklich, der Fernsehturm sah aus wie in Flammen getaucht.

Leander winkte ab. »Fuck Berlin!« Er zeigte der Stadt den Finger. »Burn, bitch, burn!«, zündete eine Kippe an und warf seine leere Flasche über die Dachkante. Ein Lidschlag später unten ein Klirren.

»Arsch! Wenn da jetzt jemand unten vorbeigegangen ist?« Mila zeigte ihm einen Vogel.

»Pfff ... Wer soll denn da vorbeigehen? Außer uns verirrt sich doch keiner freiwillig auf diese Müllkippe hier.«

»Kannst ja gehen, wenn es dir hier nicht fein genug ist.« Tara hatte die Arme verschränkt und funkelte ihn zornig an. Leander hielt ihrem Blick stand und blieb sitzen. Fünf Minuten extramieses Karma folgten. Dann brach Basti das Schweigen und fummelte irgendwas Bräunliches aus der Tasche.

»Ich denke, es ist Zeit, dass wir mal alle schön ein wenig runterkommen«, sagte er und schnappte sich eine der leeren Coladosen, die hier überall herumlagen. Mit dem Messer entfernte er den oberen Teil.

Tara sprang auf. »Denk nicht mal dran, Vollidiot!«

»Hey, hey, beruhig dich mal. Ich mach hier, was ich will!«

Und Mila: »Mann, Tara. Was soll das denn? Dass wir bei deiner Oma nicht rauchen – okay. Aber du bist hier nicht der Boss oder so was.«

»Du bist doch sonst die Erste, wenn's was zu rauchen gibt!« Jaro schüttelte den Kopf.

»Mann, rafft es halt. Tara will sich doch nur für die Princess of Clean in Pose werfen.« Leander gähnte. »Aber vielleicht lässt du das Aschenputtel das nächste Mal einfach zu Hause und verdirbst hier nicht allen die Laune.« Er warf mir einen verächtlichen Blick zu.

»Du bist so ein Arschloch, Leander!« Wütend stopfte Tara ihren Kram in ihren Armeerucksack, während Leander ihr gelangweilt dabei zusah. Ich hatte nicht den blassesten Schimmer einer Ahnung, was hier abging. Was sollte das mit der Dose werden und warum machte Tara deswegen schon wieder so einen Aufstand? Und vor allem, was hatte das alles mit mir zu tun? Sollten sie doch machen, was sie wollten. Aber Tara packte mich am Handgelenk und zog mich Richtung Fenster. Und das nervte mich total.

»Was soll denn die ganze Scheiße?«, fragte ich und versuchte, Tara abzuschütteln.

»Los, wir müssen hier weg.«

»WIR müssen gar nichts. ICH finde es hier ziemlich schön. Und ich lasse mir nicht immer von dir sagen, was ich tun und lassen soll.«

»Süße, bitte. Komm mit.«

Ich weiß auch nicht, was damals in mich gefahren war. Ich war auf einmal so richtig auf Krawall gebürstet. Wahrscheinlich ein Déjà-vu oder so. Ich hatte es einfach so satt, dass alle Welt sagen konnte: Alissa, tu dies und das mach auf keinen Fall. Ich wollte endlich mal allein irgendwas entscheiden. Und außerdem war ich auch schon ziemlich betrunken. Ich hatte keine Lust, mich jetzt irgendwohin zu bewegen. Ich wollte einfach auf einem der verranzten Sofas abhängen mitten im Mai. Und ich wollte mehr wissen über diese Zwischenwelt, diesen Abgrund am Himmel von Berlin.

Und deshalb riss ich mich los und machte mich wieder auf dem Sofa breit. Die anderen schwiegen und beobachteten interessiert unsere Vorstellung.

Tara unternahm noch einen letzten Versuch. »Alissa, bitte, mach es nicht.«

Es kann sein, dass Tara traurig war, aber vielleicht war sie auch wütend. Ich weiß es nicht mehr. Wahrscheinlich habe ich es auch damals nicht gewusst, weil es mir egal war. Ich führte jetzt Regie in meinem ganz eigenen Film.

»Ich mach, was ich will. Und ich will hierbleiben.«

»Ja, mach. MACH! Aber beschwer dich hinterher nicht bei mir!« Tara stampfte wütend mit dem Fuß auf und kickte irgendwelches Zeugs über die Dachkante. »Ihr seid solche Arschlöcher!«, rief sie den anderen zu. Damit trollte sie sich durch das Fenster und sah sich nicht mehr um. Ich hörte noch ihre Schritte auf dem Dachboden knarren. Leiser und leiser und leiser. Und dann war sie weg.

Eine peinliche Stille machte sich breit. Keiner wusste, was er sagen sollte. Und irgendwie hatte ich den Eindruck, dass die anderen nicht besonders glücklich waren, dass ich bei ihnen geblieben war. Basti erholte sich als Erster. Er schüttete ein wenig von der Substanz auf den Dosenboden und erhitzte das Ganze mit seinem Feuerzeug.

»Sieh mal an, da hat uns die Princess of Clean aber nun wirklich überrascht.« Leander betrachtete mich interessiert.

»Du willst es also wirklich wissen, wa?«

Ich nickte. Er zog ein Röhrchen aus der Tasche und gab es an Basti, der einen tiefen Zug nahm. Und so wurde das Blech von einem zum anderen gereicht, bis ich an der Reihe war. Lilly gab mir ihr Feuerzeug und ich hielt die Flamme unter die Dose und zog. Und nach ein paar Minuten eine unglaubliche Euphorie. Nie hätte ich gedacht, dass Kiffen so dermaßen entspannend sein würde …

Als ich die Augen aufschlug, wusste ich zuerst überhaupt nicht, wo ich war. Ich zitterte vor Kälte. In meinem Kopf Vorschlaghammergedonner, Gesichtsfeldblitze. Das totale Hirngewitter. Irgendwer hatte einen alten Lumpen über mich gebreitet, und als ich aufstehen wollte, knickten meine Beine weg. Einfach so knicken sie weg und ich rutschte vom Sofa und kam nicht hoch und auf allen vieren arbeitete ich mich voran. Mir war kalt. So unendlich kalt war mir. Eine innere Faust hatte meinen Magen fest im Griff und drückte so lange, bis mir die Kotze hochkam. Let it flow, babe!, dachte ich, und es war ein Wunder, dass nicht gleich der ganze Magen mit rauskam.

Erst eine gefühlte Ewigkeit später begannen die Dinge, sich langsam zusammenzusetzen. Taras Abgang, die Sache mit der Dose. Die Dachdämmerung. Das konnte doch gar nicht sein, dass schon wieder Abend war. Und wo waren die anderen? Das Alien, das an den Türen eines neuen Universums gekratzt hatte, nun lag es da in dieser tollen neuen Welt. Bruchgelandet, Alice in Vomiting Land. Von allen dunklen Engeln verlassen. Diese Arschlöcher waren einfach gegangen. Und eine Finsternis zog herauf in mir, wie ich sie nicht kannte.

Ich sortierte meine Glieder, stand auf und schwankte an den Rand des Daches. Berlin lag zu meinen Füßen. Mein Gott, was konnte diese Stadt hässlich sein. Burn, bitch, burn! Leander war ein Vollidiot, aber dieses eine Mal hatte er recht.

»**Happy birthday**, Alice«, sage ich zu Alice. »Dieser Abend war dein Geburtstag.« Alice schweigt und ich blicke wieder auf das Krokusland. Zwei Jahre. Zwei Jahre nur. Ich kann es nicht glauben. Von März bis März bis März kann ein ganzes Leben liegen. Alice blickt auch auf das Krokusland. Durch meine Augen.

»Und jetzt willst du mich umbringen ...«, sagt sie mit belegter Stimme.

»Ja, jetzt will ich dich umbringen«, sage ich.

Zugegeben, der Zustand, in dem ich mich dann nach Hause schleppte, war Furcht einflößend, aber mit der

Reaktion, die dann kam, hatte ich wirklich nicht gerechnet. Auf einmal ging alles ganz schnell. Eine Tür war hinter mir zugefallen und es gab kein Zurück mehr und mit Lichtgeschwindigkeit wurde ich aus der Normalität in den permanenten Ausnahmezustand gebeamt.

Während meiner Abwesenheit waren sowohl die Polizei verständigt als auch der Familienrat einberufen worden. Die Polizei war nicht das Problem. Falls sie überhaupt nach mir gesucht hatte, hatte sie mich nicht gefunden, und vierundzwanzig Stunden nachdem ich mich über den Baum davongestohlen hatte, stand ich im heimischen Flur und bekam ein halbes Dutzend Ohrfeigen. Dafür, dass ich »weggelaufen« war, dafür, dass ich Taras Klamotten trug, dafür, dass ich nach Kotze und Alkohol stank, dafür, dass ich nicht in die Familie passte. Und ich, ich war seltsam ruhig.

»Wenn man euch schlägt, so haltet auch die andere Wange hin«, sagte ich. Und dafür gab es noch die Extraohrfeige für Blasphemie. Und auch die warf mich nicht aus der Bahn. Was mir aber dann doch die Beine wegzog, war, dass sie die Sache mit dem Internat ernst meinten. Verdammt ernst! Und noch schlimmer. Es war schon alles vorbereitet, denn Pa hatte seine Kontakte spielen lassen. Gleich am Montag sollte ich dorthin. Brandenburg. Ganz weit weg von der hässlichen Stadt, ganz weit weg von Tara. Das mit Tara wussten sie natürlich nicht, sonst hätten sie mich wahrscheinlich gleich in die Psychiatrie geschickt.

Alles in allem eine Schmierenkomödie de luxe. Alles heulte, alles schrie und dann wurde ich in mein Zimmer gebracht, und weil sie die Sache mit dem Baum inzwischen kapiert hatten, setzten sie mir Pia als Wachhund neben das Bett.

Alles drehte sich. Ich musste heute noch hier weg. Also tat ich so, als würde ich schlafen. Durch die Augenschlitze beobachtete ich sie. Und natürlich nahm sie ihre Sache wieder einmal sehr ernst. Jeder normale Mensch hätte sich wenigstens ein Buch mitgenommen, während er über seine kleine missratene Schwester wachte. Nicht so Pia. Sie ließ mich einfach nicht aus den Augen. Aber irgendwann würde sie aufstehen und auf Toilette gehen, denn Pia ging häufig aufs Klo. Und das würde meine große Chance sein. Ich weiß nicht, wie viel Zeit verstrichen war, gefühlte tausend Jahre etwa, da stand Pia auf einmal auf und beugte sich über mich. Ich zwang mich, noch ruhiger und gleichmäßiger zu atmen, als ich es ohnehin schon tat, obwohl mein Herz wild herumpochte.

Schließlich ging sie zur Tür, warf mir noch einen kurzen Blick zu und verließ mein Zimmer. Ich sprang aus dem Bett, stopfte Handy, Netzteil, Geld, Schlüssel und ein paar Klamotten in meinen Rucksack, riss das Fenster auf und machte, dass ich über den Baum nach unten kam. Und dann rannte ich, wie ich noch nie im Leben gerannt war, Richtung U-Bahn. Ich musste wie eine Bekloppte ausgesehen haben, wie ich da im Schlafanzug davonschoss. Im Park zog ich mich schnell um, und als sich die Tür der U-Bahn hinter mir schloss, fühlte ich mich seltsam leicht und leer.

Ich rief Tara an, aber ihr Handy war ausgeschaltet. Also fuhr ich zu ihr. Oma öffnete und ich erschrak. Sie sah sehr müde und irgendwie traurig aus. Und ich glaube, ich hatte sie aus dem Bett geholt.

Als ich sie nach Tara fragte, sagte sie: »Ach, Alissa, ich hatte gehofft, dass sie vielleicht bei dir ist. Seit gestern früh habe ich sie nicht mehr gesehen und sie hat auch nicht angerufen.« Sie sank noch ein wenig mehr in sich zusammen.

Zu dumm, dass ich von keinem der Clique eine Nummer hatte. Aber vielleicht war sie ja im »Duncker«. Immerhin war ja Samstagabend.

»Ich werde sie finden«, sagte ich und streichelte Taras Oma beruhigend über die Schultern. »Versprochen.«

Die alte Frau hatte Tränen in den Augen und nickte: »Ach, Alissa, das wäre wunderbar.«

Im »Duncker« war die Hölle los. Wie sollte ich in dem Gewusel überhaupt wen finden? Aber als ich mich bis in die Ecke von neulich durchgeboxt hatte, stand da tatsächlich Leander. Ausgerechnet Leander.

»Hi«, sagte ich. »Wo sind denn die anderen?«

»Nicht da. Bedaure, da musst du wohl mir die Ehre geben. Was ist dein Begehr, spattered purity?«

Ich verdrehte die Augen. Dass sich dieser Vollarsch immer so gewunden ausdrücken musste.

»Wo ist Tara?« Irgendwie hatte ich das Gefühl, dass er genau wusste, wo sie war.

»Hör mal, Princess, da wir gerade so traut beieinanderstehen: Es geht mich ja nichts an, aber Tara ist 'ne Nummer zu groß für dich.«

»Halt die Klappe, du Arsch. Also, wo ist sie?«

Leander schwieg. Und ich, ich wurde wütend, aber so was von. Und dann ging ich auf ihn los. Lachend wehrte er mich ab. »Spattered purity, du bist ganz schön durchgeknallt.«

»Das kann sein, aber ich will jetzt sofort wissen, wo sie ist!« Und weil Leander weiterhin schwieg, wurde ich richtig wütend und ich weiß auch nicht, was da über mich gekommen war, aber auf einmal brüllte ich ihn an: »Du weißt doch überhaupt nicht, was Liebe ist!« Als ich meine Stimme sich überschlagen hörte, wusste ich, dass ich geschrien hatte. Leanders Augen verengten sich. »Du dämliche kleine Schlampe. Genau deshalb bin ich da, wo ich jetzt bin.«

»Im ›Duncker‹? Wie furchtbar!«, spottete ich.

Leander ignorierte meine Bemerkung und packte mich unsanft am Genick. »Okay, Prinzessin, ich bring dich zu ihr. Aber ich sag's dir gleich. Es wird dir nicht gefallen.« Damit schob er mich aus dem Klub und in die nächste U-Bahn. Schweigend fuhren wir bis zum Kottbusser Tor und Leander ließ mich nicht aus den Augen. Und nach einer Weile ging mir das gewaltig auf die Nerven.

»Was glotzt du denn so blöd?«

»Ich frag mich echt, was Tara an dir findet«, sagte er.

»Und ich frage mich, warum sie sich mit so einem Arsch wie dir überhaupt abgibt.«

Überraschenderweise kam keine weitere Bösartigkeit. Er zuckte nur mit den Schultern und murmelte: »Das weiß ich auch nicht.«

Wir latschten durch die Oranienstraße. Die Bierbänke vor dem »Molotow-Cocktail« waren voll besetzt und nebenan unter einem Schild »SO 36« tummelten sich jede Menge Punks und Alternative.

»Wo gehen wir eigentlich hin?«, fragte ich.

»Zu Basti.« Er grinste. »Hey, Prinzessin, lass uns einen kleinen Umweg machen«, sagte er und bog in die Prinzessinnenstraße ein.

»Ha, ha, dann können wir ja auch noch durch die Prinzenstraße, du Prince of Doom.«

»Von mir aus.« Er lächelte. »Prince of Doom gefällt mir.«

Ich dackelte hinter ihm her und schließlich bog er von der Prinzen- in die Wassertorstraße ab. An einem Hochhaus, das über die Straße gebaut war, hielt er an und drückte auf eine Klingel. Niemand öffnete. Leander verdrehte die Augen. »Dieser scheiß Junkie«, sagte er und spuckte aus. Dann läutete er Sturm. Nach einer Weile erklang ein verpenntes »Ja?!« an der Gegensprechanlage.

»Alter, icke. Mach ma endlich uff!«

»Le?«

»Nee, hier is der Weihnachtsmann. Ausnahmsweise

schon im Mai, denn an Weihnachten jeht er mit zehn scharfen Engeln Ski fahren.«

Basti lachte. »Is ja gut, Arschloch. Komm rein.«

Der Summer ertönte und wir stiefelten ins Treppenhaus, wo es nach Kippen und Weichspüler und gebrauchten Windeln und jeder Menge Essensresten stank. Basti empfing uns in Shorts und hatte einen Kaffeebecher in der Hand.

Die Wohnung sah aus wie eine Müllkippe. Jede Menge Pizzakartons und Plastiktüten und seit Jahren vor sich hin gammelnden Geschirrs. Auf dem Boden lagen ein paar Matratzen und die ganzen Wände waren mit Schriftzügen besprayt.

»Wollt ihr ein Bier oder 'nen Kaffee?«, fragte Basti.

Aber statt einer Antwort fragte ich zurück: »Ist Tara bei dir?«

Basti warf Leander einen seltsamen Blick zu. Der zuckte mit den Schultern.

»Hör mal, Prinzessin«, fing Basti an. »Ich glaub, du solltest jetzt besser gehen.«

Einen Augenblick stand ich schweigend da. Schultern nach vorne gekippt, Kopf gesenkt, absolute Hirnleere. Und dann, als genug Platz in meinem Kopf war, stieg etwas in mir auf, ein Ballon, der größer und größer und größer wurde, und auf dem Ballon stand in großen roten beunruhigenden Buchstaben: Absolute Panik. Und dann war kein Platz mehr in meinem Kopf. Brainexplosion. Und dann ein Fallout aus Tränen, verschluckten Silben, blackest despair, und die totale Hysterie regnete als schwarzer Niederschlag auf Basti und Leander herab, die mich einfach nur anstarrten.

»Wo soll ich denn hin? Die stecken mich ins Internat. Was soll ich denn auf dem Land? Wenn ich da hingehe, dann seh ich Tara nie wieder!«, sprudelte ich hervor, dazwischen unkontrollierbares Herumgeschluchze. Alissa in Panicland.

Basti schnappte sich eine Bierflasche, öffnete sie mit den Zähnen und reichte sie mir. Dann bugsierte er mich auf eine der Matratzen.

»Komm erst mal runter.«

Ich setzte die Flasche an und die Tränen liefen mir die Wange herab. Leander drehte eine Kippe, zündete sie an und steckte sie mir zwischen die Lippen. Ich zog daran und musste furchtbar husten.

»Du musst auch wieder ausatmen«, lachte Basti.

»Ha, ha«, sagte ich. Das Zeug schmeckte widerlich, aber ich hatte beschlossen, sie zu Ende zu rauchen. Und irgendwie brachte mich das so langsam wieder runter.

»Verdammt, was ist denn nun mit Tara?«, fragte ich noch mal.

Basti winkte ab. »Die ist noch voll drauf. Eher kratzt sie dir die Augen aus, als dass du jetzt vernünftig mit ihr reden kannst.«

»Was – was hat sie denn genommen?«

Wieder sahen Leander und Basti sich komisch an.

»Na, was wird sie schon genommen haben, Prinzessin?

Das Gleiche, was du gestern auch genommen hast. Na ja, zumindest im Prinzip. Nur, dass da irgendeine komische Scheiße mit drin war. Keine Ahnung. Vielleicht hat sie auch vorher nur irgendeinen anderen Scheiß genommen.«

»Marihuana?«

Leander und Basti warfen sich einen Blick zu und kriegten sich dann fast nicht mehr ein vor Lachen.

»Ma-ri-hu-a-na«, äffte mich Leander nach. »Can-na-bis. Schätzchen, sach ma, bist du eigentlich wirklich so doof? Oder kommste vom Mond oder hat dich die Drogenfahndung auf uns angesetzt?«

Ich sah ihn böse an und schwieg.

»Nee, mal im Ernst. Wie kannste mit der Queen of Shore zusammen sein und von nix 'ne Ahnung haben?«

Ich zuckte mit den Schultern. »Na und? Ich bin halt ein Alien aus der Galaxie M31.« Bitte, wenn die mich mit Wörtern bewarfen, die ich nicht kannte – das konnte ich auch. Die hatten bestimmt nicht die leiseste Ahnung, dass das die Andromeda-Galaxie war.

»Aber was Shore ist, weißte schon, oder?«, fragte Basti.

»Nee.«

»H, Diacetylmorphin – Heroin.«

Und auf einmal war da wieder diese Leere in meinem Kopf. H, Diacetylmorphin – Diacetylmorphin – Diacetylmorphin. Ein Sprung in der Platte. Heroin. – HEROIN? – Ich hatte Heroin genommen??? Ich, Alissa Johansson, das behütete Architekten-Hausfrauen-Freikirchen-Girlie, die Queen of Boredom, ich, ich sollte Heroin genommen haben? Das konnte gar nicht sein. Außerdem wurde Heroin nach allem, was ich wusste, gespritzt und nicht geraucht.

»Ha, ha. Ihr seid ja so witzig«, sagte ich. Aber was wusste ich schon?

Leander warf einen besorgten Blick auf mich. »Mensch, Prinzessin, du hast wirklich keine Ahnung, wa?« Sein Gesichtsausdruck war irgendwie so bestürzt und todernst, dass ich ihm plötzlich glaubte. Der Panikballon stieg schon wieder auf. Leander war ein Arsch, aber wenn er sagte, dass es Heroin war, dann war es Heroin. Ganz sicher.

»Ich hab auch nie das Gegenteil behauptet«, entgegnete ich mit tonloser Stimme und trank das Bier in einem Zug leer.

»Und im Übrigen seid ihr ganz schöne Arschlöcher«, presste ich schließlich hervor. »Ihr habt mich einfach auf dem Dach liegen lassen.«

»Immerhin auf dem Sofa«, warf Leander ein.

»Hör mal, Prinzessin. Was hätten wir denn sonst mit dir machen sollen? Dich zu deinen liebenden Spießereltern schleifen? Der Polizei übergeben, damit die uns filzen?«

»Hey, ich hätte draufgehn können.«

»Biste aber nicht. Außerdem haste doch nur ein Blech geraucht. Jetzt hab dich mal nicht so. Du wolltest unbedingt mit den Erwachsenen spielen. Es hat dich keiner drum gebeten.«

Eine Weile Schweigen.

»Scheiß drauf. Drehste mir noch eine? Bitte«, sagte ich schließlich zu Leander. Er grinste und reichte mir die Kippe, die er sich eben angesteckt hatte. Ich stand auf. »Tara ist da drin, oder?«, fragte ich und deutete auf die einzig geschlossene Tür im Raum.

Basti nickte, und als ich die Klinke niederdrückte, versuchte auch keiner der beiden mehr, mich davon abzuhalten. Die Jalousien waren heruntergelassen und zunächst sah ich gar nichts. Ein leises Stöhnen kam aus einer Ecke und ich ging darauf zu. Und da lag er, mein gefallener Engel. Bleich und schlaff lag er da und eine eigenartige Schweißschicht überzog Taras Gesicht. Sie lächelte apathisch aus einem Grund, der nichts mit dieser Welt zu tun hatte, nichts mit der Welt von Alissa Johansson. Meine Freundin, das Gummigirl, das nichts mehr von dieser Welt wollte, nichts von Alissa, und als ich sie vorsichtig an der Schulter fasste, schlug sie kurz die Augen auf. Glasig, verschwommen, irgendwie aufgelöst, nichts Huskyblaues war mehr in ihnen. »Ach, verpiss dich, du!«, murmelte sie.

Neverending panic. Heute war der Tag des Panikballons. Ich nahm mein Halstuch ab und tupfte Tara den Schweiß von der Stirn.

»Ich hab dir doch gesagt, du sollst dich verpissen, verdammt!«, fauchte sie. Sie hatte sich plötzlich aufgerichtet, mir das Tuch entrissen und es in eine Ecke gefeuert. Und dann wollte sie mit beiden Fäusten auf mich eindreschen. Ich war mir nicht sicher, was sie sah. Mich oder ein anderes Monster. In diesem Moment kamen Basti und Leander herein. Leander schubste Tara auf die Matratze zurück, hockte sich auf Tara und hielt ihre Arme fest. Ihr Körper bäumte sich auf und sie fluchte und war völlig hysterisch. Alles in allem so gar nicht wie Tara. Und fast bewunderte ich Leander ein wenig, dass er in dieser Situation so souverän war und trotzdem fast zärtlich. Mir schossen schon wieder die Tränen in die Augen. Was war nur aus meinem Engel geworden?

»Komm, Lissa, das hat jetzt keinen Sinn«, meinte Basti. »Tara hat sich 'ne ziemliche Gülle reingezogen. Aber in ein paar Stunden ist es wieder gut.« Basti legte tröstend den Arm um mich und Leander sagte: »Hey, willkommen in der Wirklichkeit, Prinzessin!«

Ich stecke mir eine Kippe an und ich weiß, dass das wieder Ärger geben wird.

»Na, war doch ein großartiger Entschluss, das Leben zu ändern. Fast erwachsen und behandelt wirste wieder, als wärste fünf«, sagt Alice.

»Besser, als irgendwo auf der Straße zu verrecken«, entgegne ich.

»Lieber verglühen als langsam ausbluten«, zitiert Alice Tara. Und als ich das Fenster aufmache, damit es später nicht gleich auffällt, dass ich geraucht habe, hat auch Alissa ihre Zweifel.

Und damit war ich mittendrin in meinem neuen Leben. Gestatten, Alissa, die sich ihren Körper bald mit – Alice teilte. Offenbar verfügte ich über die Anpassungsfähigkeit eines Virus oder vielleicht hatte ich keine andere Wahl mehr. Oder doch, eine Wahl hatte ich schon, aber das Leben meiner Eltern hatte ich abgewählt. ›Der absolute Nullpunkt‹. So langsam verstand ich das.

»**Umfaller!**«, **zischt** Alice. Ich puste einen Rauchkringel aus dem Fenster und denke, dass das alles hier so verdammt eng und langweilig ist und dass das Kotti und die Hasenheide eigentlich gar nicht so weit weg sind. Und ich merke, dass schon wieder zwei Stunden verstrichen sind und ich nichts für die Schule getan habe und mich nicht konzentrieren und dass so ein Abi ganz schön weit weg sein kann.

Leander war irgendwann gegangen und ich versackte bei Basti und der flößte mir ein Bier nach dem anderen ein. Und das war echt groß von ihm. Und dann erzählte er, dass er auswandern würde. Eines Tages, wenn er genug Kohle zusammenhatte. Weg aus dieser ganzen Scheiße. Ab nach Neuseeland, einen Hof kaufen und ein neues Leben anfangen, und ich merkte gar nicht, dass schon wieder Tag war, als irgendwann die Tür aufflog und die wiederauferstandene Tara im Türrahmen lehnte. Sie sah noch ein wenig bleich aus, aber das Huskyblau war in ihre Augen zurückgekehrt.

»Süße, was machst du denn hier?«, fragte sie, als sie mich sah.

»Bis auf Weiteres werde ich hier wohnen«, antwortete ich und hatte den Eindruck, es ziemlich gelallt zu haben.

Tara schüttelte ungläubig den Kopf. »Sag mal, spinnst du?« Aber anstatt weiterzufragen, ging sie erst einmal duschen.

Als sie zurückkam, ließ sie sich neben mir auf der fleckigen Matratze nieder.

»Das war vorhin nicht dein Ernst, oder?«

»Na doch. Bei deiner Oma kann ich ja wohl schlecht einziehen.« Und dann erzählte ich ihr die ganze Scheiße von wegen Dach und Internat.

Sie sah mich nachdenklich an. Dann sagte sie: »Nee, Süße, mach das nicht. Tut mir leid, dass ich dir diesen ganzen Blödsinn von ›das Leben ist da draußen‹ erzählt habe. Du reitest dich hier in eine noch viel größere Scheiße hinein, glaub mir.«

»Das kannst du vergessen, dass ich dahin zurückgehe oder ins Internat. Erst zeigst du mir, wie schön das Leben sein kann und dann willst du mich in den Knast zurückschicken?! Never ever.«

123

»Das wird nicht gut gehen, wenn du hier wohnst.«

Und da wurde ich richtig wütend auf Tara. »Was glaubst du eigentlich, wer du bist, dass du mir ständig sagen kannst, was ich tun und lassen soll? Ausgerechnet du, die eben noch völlig zugedröhnt in der Ecke lag wie der letzte Penner. Wie oft nimmst du überhaupt diese Scheiße? Und warum hast du mir das eigentlich nie erzählt?« Meine Stimme überschlug sich schon wieder, und es war nicht nur der Tag des roten Ballons, sondern auch der totalen Alissa-Hysterie. Und es war das erste Mal, dass ich Tara am liebsten geschüttelt und geohrfeigt hätte.

Tara sah beschämt zu Boden. »Sei froh, dass du noch eine Familie hast. Auch wenn sie vielleicht spacig sind«, murmelte sie.

»Pfff ... Und du, du hast die coolste Oma der Welt und hast sie nicht mal angerufen. Da erzähl du mir noch mal was von Familie!«

»Shit!« Tara erhob sich ruckartig, wühlte hektisch in ihrem Rucksack, und als sie das Handy gefunden hatte, verschwand sie in den anderen Raum, ließ aber die Tür offen.

»Hallo Omi ... ja, tut mir leid, echt ... Nee, ich wollte ... Ich hatte das Handy bei Alissa vergessen und war bei Leander ... Ja, Alissa geht es gut ... Okay, bis dann. Hab dich lieb ... Sorry noch mal.« Tara legte auf und kam zurück.

Ja klar. Mir geht es gut, dachte ich. Ich habe mal eben nur alle Brücken hinter mir abgebrochen, aus Versehen

Heroin geraucht und meine Freundin in einem mehr als seltsamen Zustand gesehen, in dem Alissa überhaupt keine Rolle mehr spielte. Wie könnte es einem da auch anders als prächtig gehen?

»Du willst Alissa wirklich bei dir wohnen lassen?«, wandte sich Tara an Basti.

»Na, wo soll sie denn sonst hin?«

»Ganz toll. Und wovon soll eine Fünfzehnjährige leben?«

»Ach, die kriegen wir schon durch. Zur Not lernt sie das Schlauchen von mir oder geht kellnern oder so«, sagte Basti.

»Gratuliere zu diesem großartigen Plan. Ich kenn dich, du Arsch. Du lässt sie bestimmt für dich Zeugs verchecken.«

»Mann, Tara, jetzt spiel dich doch hier mal nicht so muttimäßig auf. Soll sie vielleicht zu ihren Ollen zurück? Dann haste deine Kleene vermutlich bis auf Weiteres heute das letzte Mal gesehen. Es ist ja jetzt nicht so, dass ich mich darum reißen würde. Bin ja nicht das Kinderasyl.«

»Pfff. Nur weil du sieben Jahre älter bist, bin ich noch lange kein Kind.« Warum musste ich eigentlich immer und überall die Jüngste sein?

Tara seufzte. »Na ja, ihr müsst es miteinander aushalten.« Sie erhob sich. »Ich muss jetzt mal zu Oma.« Sie gab mir einen flüchtigen Kuss auf die Wange, dann fiel die Tür ins Schloss und ich saß ziemlich besoffen allein mit Basti herum. Ich schüttete den Inhalt meines Rucksacks auf der Matratze aus: einen total albernen geblümten Schlafanzug, das Handy, ein Netzteil, meinen Geldbeutel, einen Schlüsselbund für einen Ort in der Vergangenheit, fünfunddreißig Euro dreiundsiebzig und was ich am Leib trug. Das war nun nicht eben eine sehr überzeugende Basis für den Start in ein neues Leben.

»In der Zeit hast du aber mehr erlebt als in den fünfzehn Jahren davor«, wirft Alice ein. »Hey, das war die Zeit deines Lebens!«

»Ja. Es war die großartigste Zeit meines Lebens. Und die beschissenste.«

Ich war so verkatert, dass ich bis nachmittags gepennt hatte und erst davon erwachte, dass Tara in meine neue WG stürmte und mich an den Schultern rüttelte.

»Hey, Schlafmütze! Aufwachen! Die Bullen waren heute in der Schule. Und bei Oma waren sie auch.«

Es dauerte einen Moment, bis ich die Dinge geordnet hatte. »Shit! Und nun?«

»Als Erstes musst du dich mal von deinem Handy trennen.«

»Hä? Wieso das denn?«

»Blödine! Wegen der GPS-Ortung. Sonst stehen die bestimmt bald hier vor der Tür. Aber hey, wir legen einfach 'ne falsche Spur. Wir fahren jetzt ans andere Ende der

Stadt und setzen dein Phone aus. Dann denken sie, dass du zuletzt dort warst, und suchen im ganz falschen Kiez«, sprudelte Tara heraus und lachte. Ein neues Abenteuer und schon war sie ganz in ihrem Element. »Los, Süße! Raus aus den Federn! Oder willste doch ins Internat?«

Also schwang ich mich aus der Kiste, Leander fuhr mit seiner klapprigen Karre vor und dann gurkten wir Richtung nördlicher Stadtrand, wo es schon ganz schön kaffig wurde. Mitten in Glienicke parkten wir und suchten nach einem Platz, an dem wir das Handy platzieren konnten. Tara war wirklich prächtigster Laune und stakste auf ihren langen Beinen voran. Irgendwann deutete sie auf eine Mülltonne vor einem Einfamilienhaus. »Da werfen wir es rein und dann fahren wir in den Kiez zurück und frühstücken erst mal ordentlich.«

Und genau das taten wir dann auch. Es war schon wieder einer dieser grandiosen Endmaisonnentage, fast schon Sommer, und alle Cafés und Kneipen und Bars und Restaurants und Dönerbuden in der Oranienstraße hatten ihr Sitzmobiliar auf die Straße geschafft und es wimmelte von spacigen Leuten, und wir, wir waren mittendrin, in T-Shirt und Spaghetti-Tops waren wir mittendrin, und es roch nach Essen und Kaffee, und da merkte ich, dass ich ganz unglaublich hungrig war. Weiß der Geier, woher Tara die Kohle hatte, jedenfalls lud sie uns ein. Erst futterten wir wie die Blöden und dann stürmten wir das »Molli« und bestellten die Cocktailkarte hoch und runter, und ich staunte, wie viel ich vertrug, obwohl ich das eigentlich gar nicht gewohnt war. Und es war überhaupt nicht zu begreifen, dass gestern noch alles so unglaublich verzweifelt ausgesehen hatte. Heute war das pralle Leben aus dem Asphalt gebrochen und trieb eine verdammt prächtige Blüte.

»Genau. Und weil du das kennengelernt hast, wirst du mich nie mehr los, Alissa. Nie!« Und Alice lässt mich die Kippe einfach aus dem Fenster werfen, mitten in den Frühling, mitten ins Krokusland, und sie lässt Alissa denken: Scheiß doch drauf, dann merken sie eben, dass ich gequarzt habe.

Es ist ganz unglaublich, wie schnell man sich an ein völlig neues Leben gewöhnen kann. Schon nach ein paar Tagen erschien es mir als die normalste Sache der Welt, bei Basti zu wohnen und mich erst gegen Mittag von der keimigen Matratze zu erheben und erst einmal ein Bier zu öffnen, während die anderen in der Schule abhingen. Als ich gerade noch darüber sinnierte, wie abgefahren mein neues Leben war, tauchte Tara auf und machte mächtig Hektik: »Los, Süße, du musst mitkommen. Ich habe eine Überraschung für dich!«

Und eine halbe Stunde später standen wir in einer riesigen Dreizimmerwohnung mit hohen Wänden und Stuck an den Decken. Tara hatte mich an der Hand gefasst und fragte: »Und? Wie findeste das?«

»Sehr schön. Und wer wohnt hier?«, fragte ich.

»Blödine. Wir natürlich.«

Ich sah sie erstaunt an. »Wie wir? Das können wir uns doch gar nicht leisten.«

»Das einzig Gute daran, wenn deine Alten abnibbeln, ist, dass du im günstigsten Fall was erbst. Und das Gute am Achtzehnsein ist, dass du selbst entscheiden kannst, die Schule abzubrechen und die ganze Kohle zu verschleudern«, antwortete Tara, wedelte mit dem unterschriebenen Mietvertrag vor meiner Nase herum, küsste mich und tanzte ausgelassen mit mir durch die Wohnung.

Und so packte ich also meinen Rucksack bei Basti und leerte ihn in diesem Traum von Wohnung wieder aus.

»Such dir ein Zimmer aus. Aber das schönste und größte wird unser Schlafzimmer«, lachte Tara.

Am Nachmittag borgte sich Tara Leanders Karre und dann zogen wir los und kauften eimerweise Farbe und völlig abgedrehte, sauteure Möbel, und bevor wir sie aufstellten, pinselte Tara tagelang an den Wänden herum, bis uns in allen Räumen versunkene und naturdurchwucherte Welten umgaben. Schließlich stellten wir die Möbel auf und auf einmal fühlte ich mich so richtig frei und erwachsen. Und es war einfach großartig, wir konnten Kohle ohne Ende verprassen und tun, was wir wollten. Die ganz große Freiheit.

Sobald wir wach waren, ging es hinaus in diesen endlosen Sommer. So gut meinte es die Sonne mit uns, dass sie uns fast täglich in die Hasenheide trieb, und dort hingen wir dann mit den anderen ab und das war echt das Paradies. Jaro und Lilly schleppten den obligatorischen Kasten Bier und Mila ihren Adolphe an, den Kongolesen, den sie im »Duncker« aufgerissen hatte. Unglaublich, der Typ hieß wirklich Adolphe, weil sein Vater so hieß, und der hieß so, weil er so heißen musste wie sein Vater. Und weil Adolphes Vater ein Arschloch war, war seine Ma damals mit ihm, dem Baby, nach Europa abgehauen. Und weil nach Ansicht von Adolphes Mama alles nur besser werden konnte, sollte er Arzt werden, wo ihn doch Pharmazie viel, viel mehr interessierte. Aber da man einer afrikanischen Ma offenbar besser nicht widersprach, studierte er brav Medizin, besuchte aber ständig die Pharmakologieveranstaltungen, und dann kam er mit irgendwelchem Zeugs an, das mächtig bunt war, meistens ziemlich knallte und in der Regel selbst zusammengebraut war. Klasse. Wir fanden das großartig. Sozusagen stets an der Quelle. Nur Basti passte das nicht. Adolphe bedeutete Konkurrenz. Noch dazu eine, die das Zeugs oft einfach an uns verschenkte. Manchmal hatte ich auch den Eindruck, dass Basti extra lange auf sich warten ließ, wenn er wusste, dass Adolphe dabei war. Aber vielleicht täuschte ich mich und es lag nur daran, dass er noch ein paar Pillen oder Dope im Park vercheckte. Und dann, wenn alle da waren und im Gras lagen und an ihren Dönern herumkauten, dann drehte Leander an und dann kreisten die Joints.

Und am allerersten dieser Abende waren alle noch ein wenig unsicher, ob sie nun wondering Alissa, die Queen of Purity, ziehen lassen sollten oder nicht, aber ich nahm Leander das Teil einfach aus der Hand. Und verdammt, das Zeug kratzte die Lunge entlang, viel mehr als die Kippen, die ich neuerdings immer rauchte. Aber diesmal hustete ich nicht. Ein erstaunter Blick, aber keiner machte sich lustig oder wollte mich von irgendwas abhalten, und irgendwie war es auf einmal, als gehörte ich schon ewig dazu.

Und wir laberten und es wurde Nacht und ich wartete darauf, dass irgendwas passieren würde, aber ich merkte nichts. Gar nichts. Außer vielleicht, dass ich ein wenig schläfrig wurde. Ich legte mich auf den Rücken und starrte in die Sterne.

»Und das da ist Venus«, hörte ich mich sagen und ich dachte, dass ich sofort eingepennt wäre, aber am nächsten Tag sagte Tara: »Du hast gestern aber einen Laberflash vom Feinsten gehabt.« Sie kicherte. »Ich wusste gar nicht, dass du dich so gut mit Sternen auskennst. Du warst gar nicht mehr zu bremsen und hast uns einen anderthalbstündigen Vortrag über die Theorien zur Entstehung des Universums gehalten.«

Ich merkte, wie ich wieder mal rot wurde, aber Tara fügte noch hinzu: »Das war echt extrem. Aber es war cool, Süße!« Sie bückte sich und kramte in einer Schublade herum. Als sie sich mir wieder zuwandte, sagte sie: »So. Und jetzt gibt es kein Entrinnen mehr. Heute wirste gemalt.«

Ich verdrehte die Augen. »Muss das sein? Kannst du nicht was Schönes malen?«

»Blablabla. Du bist so bescheuert, Süße. Ein für alle Mal: Egal welche komischen Flöhe dir deine spacige Familie auch ins Ohr gesetzt hat: Erstens – du bist wunderschön. Zweitens – du bist 'ne ziemliche Intelligenzbestie und drittens – du bist echt besonders.«

Ich wollte etwas erwidern, aber Tara legte ihren langen Zeigefinger auf meine Lippen. »Shhhh ...« Dann postierte sie sich hinter ihrer Staffelei. »Und jetzt nicht mehr zappeln!«

Ich hole das Bild noch einmal aus der Schublade. »Das bin noch viel mehr ich als du«, sage ich zu Alice.

Aber Alice zuckt bloß mit den Schultern. »Ist auch egal. Was jetzt wirklich gut wäre, wäre ein bisschen Stoff ...«

Und so flogen die Tage dahin in der Hasenheide, oder wir gingen ins Freilichtkino oder grillten im Tempelhofer Park oder zogen einen durch im Alten Luisenstadt Kirchhof. Am Anfang hatte ich noch ziemlich oft Angst, dass mich irgendwann die Bullen aufgreifen würden. Bestimmt würden meine Eltern Gott und die Welt in Bewegung setzen, um mich zu finden. Oder? Vielleicht aber auch nicht. Vielleicht waren sie ja auch einfach froh, dass Na-ja-Alissa weg war. Ohne Alissa war diese Familie vollkommen.

Aber bald war das alles nicht mehr so wichtig. Zu neu, zu spannend war mein neues Leben. Und scheiß auf den Familienmief, scheiß auf Alissa. Jetzt war jetzt war jetzt. Und der Rest war einfach nicht mehr wichtig. Ich hatte jegliche Berührungsängste vor fremden Substanzen verloren und zog mir mit den anderen rein, was wir nur kriegen konnten. Uppers und Downers, Research Chemicals und alles, was Mutter Natur so hergab an Kräutern und Pilzen. Und ich, ich entwickelte mich so langsam zu einer recht gelehrigen Schülerin und mein Wortschatz schwoll an mit Wörtern und bald waren mir Begriffe wie Keta und MDMA und Angeldust und Ritalin und RC und Meth und Koks und Speed und Crack und Ephedrin und LSD so geläufig wie Kinderschokolade und Butterkeks. Ich war so neugierig und beseelt wie damals bei der Gummitiergier und fraß, sniefte, inhalierte und rieb mir irgendwelche Substanzen in die Schleimhäute. Und von manchem Zeugs bekam ich Hallus, von anderen Lust, manche knockten mich out, nach manchen Einnahmen hatte ich einen Brummschädel vom Feinsten oder ich kotzte mir die Seele aus dem Leib. Aber das hielt mich nicht von weiteren Experimenten ab.

»**Ja, ja,** du gieriges kleines Miststück. Mit dem H haste dir aber ganz schön Zeit gelassen«, merkt Alice an.

»Zeit? Ich hab mir Zeit gelassen? Du spinnst wohl. Das ging alles so was von schnell.«

»Na, wenn du meinst ...« Alice hat keine Lust, sich zu streiten, denn Alice konzentriert sich gerade ganz auf das Kotti.

Nur um H machte ich weiter einen Bogen, weil mir das erste Mal so schlecht gewesen war, weil ich Tara damals gesehen hatte und weil ich ganz einfach Respekt vor dem Zeugs hatte. Vor keiner Droge hatte ich mehr wirklich Respekt, nur vor H. Es war wie eine geheimnisvolle Tür hinter der Tür, die ich bereits durchschritten hatte. Und hinter dieser letzten Tür lauerte irgendwas, vor dem ich Angst hatte.

Inzwischen sniefte Tara immer öfter und irgendwie gefiel mir das nicht.

»Muss das sein?«, fragte ich Tara eines Tages, als sie in der Küche gerade eine Line auf dem Küchentisch vorbereitete.

Tara blickte genervt auf. »Kümmer dich gefälligst um deinen eigenen Scheiß!«

»Das ist so typisch«, regte ich mich auf. Tara ignorierte mich und drehte einen Geldschein zusammen, um zu ziehen. Und auf einmal wurde ich so wütend, dass ich mit dem Arm die Line vom Tisch wischte.

»Sag mal, spinnst du?« Tara war aufgesprungen und funkelte mich böse an. Ich starrte zurück. Eine Weile hatten sich unsere Blicke wütend ineinander verkrallt, aber irgendwann wurde Taras Ausdruck wieder weicher.

»Das H wird immer zwischen uns stehen, Süße«, murmelte sie. »Und das ist auch gut so«, fügte sie an.

Damit ließ sie mich stehen, und dabei blieb es, bis wir dann unser sagenumwobenes Eventcrossover bestehend aus Einzug und meinem sechzehnten Geburtstag veranstalteten.

Tara hatte den halben Kiez eingeladen und Bastis gesamten Bauchladen mit Pillen und Zeugs aufgekauft. Und Adolphe war auch nicht faul gewesen und hatte allerhand in seinem kleinen Labor zusammengebraut, das Spielzeug aus Ü-Eiern weggeworfen und in die Plastikeier je eine Pille gelegt, die Schoki wieder drumrum und auch das Stanniol. Und damit rannte er herum wie der Osterhase höchstpersönlich, und wer wollte, konnte sich einfach seinen Überraschungstrip nehmen. Na ja, Motto war ja auch »White Rabbit«. Ein paar Scherzkekse tanzten tatsächlich im Hasenkostüm an und der Rest hatte sich als alles Mögliche kostümiert. Schlümpfe hüpften herum und Fliegenpilze und Regenbogen und Monster und Aliens jeder Art. Einer kam sogar als großes Hanfblatt. Und wie konnte es auch anders sein, Alissa hatte sich als Alice in Wonderland verkleidet. Und als Alice stand es mir wohl zu, alles auf einmal einzuwerfen, dachte ich, und es war wirklich kaum zu glauben, dass ich noch vor wenigen Monaten im Hause Johansson gewohnt hatte und der fürchterliche Geburtstag mit den Gemeindetussis erst zwei Jahre zurücklag.

Ich war wirklich gut unterwegs und die etwas schüchterne, spirrelige Alissa war einfach verschwunden und ich vermisste sie nicht, denn auf der Party bewegte sich ein kleiner, blonder Vamp, der mal mit diesem und jener scherzte, wild herumtanzte, fantastischster Laune war und mal hier, mal da naschte. Und da war es wieder, dieses Gefühl, alles, aber auch wirklich alles auf dieser Welt erreichen zu können. Unsterblichkeit. Druginduced immortality.

Und dann sah ich Tara auf dem Balkon eine Line ziehen. Ich hockte mich neben sie und auf einmal wollte ich auch. Unbedingt wollte ich das. Meine Angst war verflogen. Heute war ich unsterblich. Und was wusste man schon darüber, was Aliens vertrugen und woran sie starben oder ob sie überhaupt sterben konnten. Klar, manche gingen dabei drauf. Aber ich nicht. Und Tara sowieso nicht. Ich rollte einen Schein und rutschte näher an sie heran.

»Verschwinde!«, herrschte sie mich an.

»Ich denk nicht daran!«, gab ich zurück und beugte mich über die Line.

»Sag mal, hast du sie noch alle?« Tara riss mir den Schein aus der Hand.

»Ich hab dir doch schon mal gesagt, fang damit gar

nicht erst an! Irgendwann verkaufste deinen Arsch dafür. Solang du aufhören kannst, willste nicht, und wenn du aufhören willst, kannste nicht.«

Ich merkte, wie irgendwas eng in meiner Brust wurde. Schweigen. Tara zog. Entspannte sich.

»Und du – kannst du noch aufhören?«

Tara zuckte mit den Schultern. »Ich will nicht. Noch will ich es nicht.«

Ich legte meinen Kopf auf ihre Schulter und murmelte: »Tara, ich will, dass das H nicht mehr zwischen uns steht.« Tara seufzte. »Überleg dir das gut.«

Und ich, ich zog einen neuen Schein aus dem Geldbeutel. Tara schüttelte den Kopf. Aber als ich mich erneut über die Line beugte, hinderte sie mich nicht daran.

»Dafür wirste mich eines Tages verfluchen«, flüsterte sie.

»Niemals. Das ist MEINE Entscheidung, ja?!«

Tara machte eine unbestimmte, irgendwie resignierte Geste und ich sog gierig das Zeug ein. Auch Tara zog eine Line und dann saßen wir da auf unserem Balkon und ein paar Sterne waren schon hervorgekrochen am Himmel. Trotz der Lichtverschmutzung. Und ich fühlte mich irgendwie schwerelos. Fliegender Balkonteppich. Drinnen tobte die Party und Fetzen von Ska und Punk und Reggae und Psychedelic und Electro und EBM quollen in die Nacht. Und Taras Miene hellte sich auf und irgendwann schien sie wieder richtig froh. Genauso froh wie ich. Quatsch! Froh beschreibt es nicht annähernd, auch Glück nicht. Das Weichste, das man sich vorstellen kann, und das hoch zehn oder hoch hundert. Unsterblichkeit. Vergiss Liebe, vergiss Sex, vergiss das Beste, was du jemals erlebt hast. Nichts vorher, nichts nachher war jemals besser.

Keine Ahnung, wie lang Tara und ich so dagesessen hatten und leicht und frei und glücklich in den Himmel gestarrt hatten. Schließlich sagte Tara: »Was hältst du davon, wenn wir jetzt reingehen und die da drinnen mal so richtig rocken, little Alice?«

Ich nickte. Taras Wunsch war mir Befehl. Und wenn ich ehrlich bin, ich weiß wirklich nicht mehr, was genau wir gemacht haben. Erinnerungsfetzen an tanzende, lachende Schlümpfe, Fliegenpilze, das Fraktal und das Hanfblatt, die Leute im Bunnykostüm, die Aliens und Monster und Spacecowboys und Emos und galaktischen Vampire. Und diese Euphorie. Unendliche Energie. Ein Perpetuum mobile im Innern. Ein Gefühl von Ewigkeit.

Also, was auch immer wir genau machten, offenbar haben wir sie wirklich so dermaßen gerockt, dass Tara der absolute Star im Kiez war. Und auf mich, das unscheinbare Alien, fiel auch etwas Angeldust und auf einmal war das Black-Sheep-Aschenputtel Alissa so eine Art Beta-Promi im Kiez geworden. Und außer Tara gab es nun wirklich keinen mehr, der mich noch Alissa nannte. Seit dieser Nacht war ich für alle nur noch Alice. Und auf einmal war alles ganz einfach. Ging ich ins »SO 36«, hieß es nur noch: »Hi, Alice, geh durch!« Und im »Molli« ging ziemlich oft mal was aufs Haus und selbst im »Duncker« wurde ich meistens einfach nur noch durchgewinkt. Um noch einmal in diese Phase zurückzukehren, würde ich echt alles geben.

»**Geh, geh,** geh doch verdammt zurück in den Kiez!« Alice hockt mir im Genick, macht, dass mein Puls sich beschleunigt, dass meine Handflächen feucht werden, dass meine Muskeln sich anspannen.

»Ich denk nicht daran. Dort ist nichts mehr, wie es war. Die Truppe von früher hat sich aufgelöst. Die sind weggezogen oder auf Entzug oder tot. Und selbst wenn noch irgendwas von damals übrig wäre, ohne Tara wäre es nicht dasselbe«, antworte ich.

»Dann zieh was Neues auf. Das ist doch alles allemal besser, als hier an Langeweile zu verrecken. Hey, du warst die Drug-Queen.«

»Drug-Princess«, korrigiere ich sie. »Die Drug-Queen war Tara. Und außerdem: An Langeweile ist noch keiner verreckt«, sage ich und halte mir die Ohren zu.

In dieser Zeit war mir gar nicht aufgefallen, wie schnell mein Konsum in die Höhe geschnellt war, wahrscheinlich war es mir aber auch egal. Mir konnte ja auch nichts passieren. Ich lebte. Und wie. Rasend schnell lebte ich. Flash auf Flash. Einfach geil.

Die Party damals. Dann am nächsten Tag gleich wieder. Ein Tag Pause. Dann wieder und noch mal am nächsten Tag und am übernächsten und den Tag drauf und auch noch den Rest der Woche und die Woche darauf. Und jedes Mal war ein bisschen mehr Stoff nötig, damit die Sache genauso knallte wie am Anfang. Und dann wollte ich mal wieder einen Tag aussetzen. Und genau an diesem Tag ging es mir total beschissen. In meinem Kopf presslufthämmerte es so dermaßen, dass ich mich dreimal hintereinander übergeben musste, und meine ganze Haut war von einem widerlichen Schweißfilm überzogen und meinen gesamten Körper durchlief ein seltsames, unkontrollierbares Zittern.

Ich hatte angenommen, dass ich irgendeine Krankheit aufgegabelt hatte, und um mir wenigstens irgendwas Gutes zu tun, hatte ich dann am Abend doch noch ein Blech mit Tara geraucht. Und siehe da, plötzlich war ich genesen. Und irgendwie wurde es ab da dann ganz normal, dass ich jeden Tag was rauchte oder eine Line zog. Eine Gewohnheit wie Kaffee trinken oder Nikotin rauchen oder Alkohol saufen.

Und das tat gut.
Es tat so verdammt gut, endlich unbesiegbar zu sein. Und Familie und Schule und der ganze andere Kram, das war so dermaßen weit weg, gefühlte zehn Milliarden Lichtjahre weit weg. Ach, mehr noch. Es fühlte sich an, als schwebte all das in einem Paralleluniversum, in das

ich nie gehört hatte. Und vielleicht schäme ich mich heute ein wenig dafür, aber ich vermisste nichts. Weder meine Supergeschwister noch meine Supereltern. Das waren Mumien aus einem Sarkophag, den sie sich selbst gezimmert hatten.

Am schönsten aber waren die Nächte mit Tara allein auf dem Dach der alten Fabrik. Und das war wirklich groß, wenn da tief unten das ganz normale Leben in seinen langweiligen Bahnen dahinzog und wir ganz oben waren und uns irgendwas reingepfiffen hatten und manchmal, wenn ich an der Dachkante stand und das nächtliche Berlin unter uns glitzerte und ich so voller Glück war, dass es fast schon wieder wehtat, musste ich schreien, um nicht zu springen. Also schrie ich und warf meine Flasche über den Rand.

»Beautiful bitch, ich liebe dich!« Und ich war mir selbst nicht sicher, ob ich Berlin oder Tara meinte. Und dann zog Tara mich zu sich und küsste mich. Und eines Tages fragte ich sie: »Was wird aus uns, wenn wir uns daran gewöhnen?«

»Wir? Wir werden uns niemals an irgendwas gewöhnen. Wir werden niemals irgendwo ankommen. Wir werden uns niemals langweilen. Niemals. Und wenn doch, dann ist es allemal besser, zu verglühen als langsam auszubluten.«

Und dann liebten wir uns, und ich, ich konnte mir auch nicht vorstellen, dass wir uns eines Tages jemals langweilen könnten. Nicht mit Tara. Niemals. Alissa und

Tara, Alien und Engel, zwei liebende Lemminge am Abgrund über der Stadt.

Eine alte Weisheit besagt: Hör auf, wenn es am schönsten ist. Und vielleicht hätte ich damals einfach springen sollen. Wäre ich gesprungen, wäre ich garantiert mit einem Lächeln gestorben. Das Problem ist nur, woher soll man wissen, ob das, was man gerade erlebt, am schönsten ist oder ob nicht noch etwas Besseres kommt? Also, woher soll man wissen, wann man aufhören soll, wenn man das Ende nicht kennt?

Und so machten wir weiter und es war *die* Zeit meines Lebens. Das Jahr der Liebe, der Exzesse, der Unsterblichkeit. Tara und ich waren die Drug-Promis im Kiez. Ständig quoll unsere Bude über vor Leuten, fast immer hockte irgendwer bei uns in der Küche und bespaßte uns. Neverending Party.

Aber dann kamen die Risse. Auf einmal war unser ganzes Leben von diesem Craquelé überzogen. Diese schrecklichen Risse, die immer länger und tiefer wurden. Hässliche Schrunden inmitten des Glücks. Schwärend, epidemisch. Echt die Pest.

Die ersten Risse müssen schon längst da gewesen sein, aber Princess Naive hat sie natürlich wieder mal nicht bemerkt. Den ersten Riss sah ich erst, als ich mitten in einen Streit zwischen Tara und Basti hineinplatzte.

»Mann, du Arsch! Du kannst mir doch wenigstens einen kleinen Vorschuss geben! Du kriegst deine scheiß Kohle schon noch.«

»Vergiss es, Tara! Du kennst die Spielregeln: Stoff gibt's nur gegen Cash.«

»Ich glaub es nicht! Wer hat denn mehr als ein Jahr deine Auswanderung finanziert?«

Basti zuckte mit den Schultern. »Ja, du warst eine gute Kundin. Aber auch wenn du immer bei Aldi shoppst, wird Aldi dir nur so lange etwas verkaufen, solange du liquide bist.«

»Hört, hört. Bist du der Aldi-Dealer, oder was?«

»Jetzt reg dich doch nicht so auf, Tara.«

»Doch, ich muss mich aufregen. Ich dachte, wir wären Freunde.«

»Pfff ... Freunde! Dealer können es sich nicht leisten, Freunde zu haben.«

»Echt, dass du so ein Arschloch bist, hätte ich nicht gedacht.«

Wieder zuckte Basti mit den Schultern. »Wenn ich kein Arschloch wäre, hätten mich so Zecken wie du schon längst in den Ruin getrieben.«

Tara ging auf Basti los. Der wich ein paar Schritte zurück, griff blitzschnell in seine Tasche und dann hatte er das Butterfly auch schon aufgeklappt. Tara blieb stehen, sah ihn verdutzt an und dann lachte sie. Lachte, wie ich sie noch nie lachen gehört habe. Es war echt unheimlich.

»Du elender kleiner Wichser! Hat er ein Messer. Ich glaub es nicht. Na, los. Komm, komm, komm! Na, was ist? Stich doch zu. Nach so einem abgefuckten Junkie wie mir kräht eh kein Hahn.«

Sie lachte wieder dieses hysterische Lachen.

»Traust dich nicht, wa? Dann steck die Scheiße wieder weg. Was Lächerlicheres als dich mit deinem verfickten Messer hab ich ja mein ganzes Leben noch nicht gesehen.«

»Denk an ›Fear and Loathing‹: Dreh niemals einer Droge den Rücken zu.«

»Bla, bla, bla.« Sie zeigte zur Tür. »Weißte was, verpiss dich einfach!«

Und Basti ging rückwärts mit gezogenem Messer Richtung Tür und dann haute er schnell ab.

Als er weg war, lehnte sich Tara an die Wand und glitt schließlich wie in Zeitlupe an ihr hinab, bis sie auf dem Boden saß und den Kopf zwischen beiden Händen vergrub.

Ich setzte mich neben sie. »Hey, Süße, was ist denn los?«

Taras gesamten Leib durchfuhr ein Zittern und sie war kreidebleich.

»Süße, wir müssen ein bisschen kürzertreten«, flüsterte sie.

»Hm? Warum? Was ist denn los mit dir?«

»Nichts ist los mit mir, aber ich bin pleite.«

»Oops.« Mehr fiel mir dazu erst mal nicht ein. »Aber du hast doch geerbt?!«

»Ja, schon. Aber so ein Erbe reicht nun auch nicht ewig. Meine Ellis waren schließlich keine Millionäre. Glaub es oder glaub es nicht, aber wir haben letztes Jahr fast meine gesamte Kohle verbraten.«

»Und was heißt das jetzt?«

»Na ja, Prinzessin, was soll das schon heißen? Wir müssen halt mal langsam anfangen, ein bissi zu malochen.« Dann nahm sie mich in den Arm. »Es tut mir so leid, Prinzessin.«

Ich legte meinen Kopf auf ihre Schulter. »Blödine, du brauchst dich doch nicht zu entschuldigen. Mensch, du fütterst mich seit über einem Jahr durch.«

Und dann passierte etwas, was ich noch nie erlebt hatte. Tara heulte. Heulte wie ein Schlosshund. Heulte, wie es sonst nur die verblichene Alissa Johansson konnte. Ich fühlte mich total hilflos und streichelte Tara irgendwie ungeschickt den Rücken und versuchte, beruhigend auf sie einzureden, und gleichzeitig war da wieder dieser glühend rote Panikballon, der verkündete: The game will be over. Soon. Ich versuchte, ihn zu verscheuchen, suchte nach einem nadelspitzen Argument, mit dem ich ihn zerplatzen lassen konnte, aber der Ballon schwebte ungerührt weiter über meinem Kopf, und was die Argumente anbelangte, herrschte die absolute Leere in meinem Kopf.

Und damit war es also schlagartig an der Zeit, erwachsen zu werden und irgendwie Kohle zu beschaffen. Ich heuerte als Bedienung im »Molli« an und eigentlich war das ein recht unterhaltsamer Job, weil der halbe Kiez vorbeikam und es immer was zu quatschen gab. Allerdings stellte sich schnell heraus, dass das, was ich dort verdiente, nicht annähernd ausreiche, um meinen Konsum zu decken.

Vorbei waren die Zeiten, als wir es uns leisten konnten, ein Blech oder eine Folie zu rauchen. Jetzt, wo uns die Kohle ausgegangen war, snieften wir nur noch. Das war viel effektiver. Machte aber den Nasenschleimhäuten ganz schön zu schaffen. Ständig hatte ich Nasenbluten und Krümel in der Nase und ständig musste ich mich schnäuzen. Und manchmal, wenn wir kein Geld mehr hatten und Basti, der Arsch, sich mal wieder weigerte, uns einen Vorschuss zu geben, wühlten wir die alten Taschentücher wieder aus dem Müll, kratzten den Rotz zusammen und snieften den Scheiß noch einmal. Wir waren schon ganz schön tief gesunken. Aber immerhin machten wir es nicht iv. Intravenös. Und irgendwie waren wir stolz darauf, denn spritzen war echt assi. Spritzen war was für richtige Junkies.

Erstaunlich, worauf man so alles stolz sein kann.

Eines Tages war ich dann dermaßen hungrig, fertig und pleite, dass ich Basti aufsuchte und ihn bekniete, dass er mich Zeugs für ihn verchecken ließ. Und der musterte mich kritisch. »Ich weiß nicht, Alice. Du bist schon ganz schön auf den Hund gekommen.«

»Bitte, Basti!«

»Na gut. Wir versuchen es mal. Aber eines sage ich dir. Wenn du auch nur einmal was für dich abzweigst und ich krieg das mit, dann war's das. Haben wir uns verstanden?«

Dieses Arschloch. In diesem Augenblick hasste ich ihn abgrundtief. Und wie schaffte er es eigentlich, sein Level zu halten? Der Typ war mir ein Rätsel. Tat vornerum so, als wär er der nette Kumpel und in Wirklichkeit war er knallhart. Auswandern, das war sein Ziel und das verfolgte er ohne Gnade. Es gibt so Leute. Typ Kakerlake. Die kommen selbst aus einem Atomkrieg noch lebend heraus und verdienen sich unterwegs eine goldene Nase. Aber fürs Erste war ich auf Kakerlaken-Basti angewiesen. Also nickte ich und dackelte am nächsten Tag mit Basti in die Hasenheide und ans Kotti und sah zu, wie er das so machte. Und die Kundschaft bekam auch gleich mit, dass Alice nun auch mit von der Partie war. Alice beim Dealer-Praktikum. Irgendwann zog ich dann allein los und vertickte Pillen und Zeugs und dadurch kam ich erst mal über die Runden. Und ständig hatte ich Schiss, dass die Bullen mich aufgreifen würden. Einen Kalten im Knast – das musste die wahre Hölle sein. Oder noch schlimmer –

meiner Superfamilie zu begegnen. Das Gleichnis von der verlorenen Tochter. Also passte ich auf wie ein Schießhund.

Und Tara hatte auch angefangen, wie eine Blöde zu malochen. Tagsüber ging sie klauen und abends borgte sie sich die Karre von Leander und fuhr Pizza aus. Meistens die ganze Nacht.

Ab und zu besuchte Tara auch ihre Oma und brachte Kohle mit. Aber wenn sie an solchen Tagen zurückkam, hatte sie richtig schlechte Laune und sprach nur das Nötigste.

»Geht es deiner Oma schlecht?«, fragte ich sie eines Tages.

»Wieso?«

»Weil du immer so eine Fresse ziehst, wenn du von ihr kommst.«

»Keine Ahnung. Na ja, wie soll es einem schon gehen mit einer Enkelin wie mir?«

»So schlimm biste doch gar nicht«, sagte ich und knuffte ihr in den Arm.

Tara wandte sich von mir ab. »Doch. Ich hab heut Oma beklaut. Und das war nicht das erste Mal. Und ich glaube, sie weiß das. Ich glaube sogar, dass sie extra Kohle liegen lässt, wenn ich komme, weil sie weiß, dass ich ungern frage.«

»Aber na ja, dann ist es doch quasi geschenkt«, warf ich ein.

»Nein, verdammt!« Taras Bierflasche zerschellte an der

Wand. »Fuck! Ich beklaue meine Oma. So sieht es nun mal aus. Und das ist nun wirklich eine riesige Scheiße.«

Und wie man es auch drehte und wendete, im Prinzip hatte Tara recht.

Und so waren unsere Tage nach und nach in erster Linie dadurch bestimmt, irgendwo Geld aufzutreiben. Und natürlich reichte auch das bald wieder nicht mehr. Der Scheiß ist eben der, wenn es dir schlecht geht, dann brauchst du noch schneller noch mehr Stoff und dann rennst du die ganze Zeit durch die Gegend wie ein aufgescheuchtes Huhn mit Dollarzeichen in den Augen. Und das ist der pure Stress, und um runterzukommen, brauchst du Stoff. Rumrennen. Stoff. Rumrennen. Stoff. Rundtanz mit dem Teufel. Der Teufel jagt dich im Kreis und gleichzeitig jagst du den Teufel. Absurdes Rondo. Aber der Teufel wird immer schneller sein als du. So ist das. Ein Hase-und-Igel-Spiel, aber du bist immer der Hase und der Igel ist scheinbar immer schneller, weil er dich verarscht, aber du bist zu blöd, es zu merken.

Und natürlich kam dann irgendwann der Tag, an dem die Kohle wieder mal nicht reichte. Also klingelte ich bei Basti.

»Sag mal, kann ich nicht mehr Zeug für dich verticken?«, fragte ich.

»Bin ich der Pate von Kreuzberg, oder was? Angebot und Nachfrage, Schätzchen. Das sind die Gesetze des Marktes. Soll ich etwa den Markt mit Zeugs überschwemmen und die Preise selbst in den Keller treiben?«

»Aber ich bin total blank!«

»Mann, geh doch schnorren oder klauen oder anschaffen. Ich bin doch nicht der Kindergärtner für verarmte minderjährige Drug-Queens.«

Ich hatte schon wieder Druck. Und die letzten Taschentücher waren auch recycled. Mir war schlecht und ich konnte meine Hände schon wieder nicht mehr stillhalten, knetete nervös meine Finger, verschränkte, verbog sie. Anschaffen gehen? Der hatte sie ja wohl nicht mehr alle! Ich – mit 'nem Typen. Gegen Geld. Und dann sah ich mich durch den Kiez rennen und die Leute anhauen. Mir fiel das Wesen vom U-Bahn-Klo wieder ein. Lichtjahre früher. Wie ich ihr widerwillig die Kohle gegeben hatte, wie ich weggelaufen war, mein Ekel. War es schon so weit mit mir? »Ey, haste vielleicht mal 'nen Euro? Ich muss mal dringend telefonieren und hab meinen Geldbeutel verloren.« Na, ganz toll. Und Klauen? Auch scheiße. Du sollst nicht stehlen, schaltete sich Alissa aus dem Jenseits ein. Fuck!

Ich weiß nicht, ob es ein plötzlicher Anfall von Menschlichkeit war oder ob Basti nur die Dollarzeichen sah, die sein Sparschwein füllen würden, wenn er mir das Klauen beibringen würde, aber er hakte sich bei mir unter und sagte: »Okay, Alice. Lass uns losmachen. Ich zeig dir was.« Er zog mich zur Tür und dann fuhren wir bis zum Wittenbergplatz. »Egal, was ich mache, du hältst einfach die Klappe und siehst dich auch nicht irgendwie auffällig um. Okay?« Ich nickte.

Wir betraten ein schniekes Kaufhaus und Basti latschte schnurstracks in die Elektroabteilung. Dort nahm er etliche Handys in die Hand. Er ging sogar zu einem Verkäufer und ließ sich ein Netbook aus der Verpackung holen und begann einen Nerdtalk und zeigte auf ein Gerät hinten im Raum. Gleichzeitig schob er das Netbook unter seine Jacke und zwei Handys in die Hosentasche. Mein Herz klopfte wie doof. Wenn uns jetzt jemand erwischte. Ohne Stoff im Knast. Das war in letzter Zeit ziemlich oft eine fixe Idee von mir. Schließlich sagte Basti: »Ja, das neue Windows ist nicht optimal. Vielleicht steige ich doch auf Linux um. Na ja, ich überleg mir das noch mal. Danke!« Dann fragte er noch: »DVD-Marker – wo finde ich die?«

Der Verkäufer wies ihm die Richtung und Basti nahm einen Stift aus dem Ständer und stellte sich seelenruhig an der Kasse an. Ich bekam fast keine Luft mehr. Außerdem brauchte ich so langsam wirklich mal wieder einen kleinen Snief. Unruhig scharrte ich mit den Füßen. Basti stieß mir seinen Ellenbogen in die Rippen und warf mir einen bösen Blick zu. Also versuchte ich mich zu beherrschen.

»Eins fünfundneunzig«, sagte die Kassiererin. Basti zahlte. Und noch einmal nahm mein Herzschlag bedrohlich zu, als wir durch die elektronische Sicherheitsschranke gingen. Aber kein Piepen, keine Sicherheitsleute, die uns filzen wollten. Nichts.

Als wir draußen waren, fragte ich Basti: »Warum hat das jetzt nicht gepiepst? Das Zeugs ist doch gesichert.«

»Blödine. Die kleben ihren Sicherungsscheiß auf die Packung und nicht auf die eigentliche Ware.« Er ging schnell weiter. »Nur für den Fall, dass der Typ gerade das Netbook wieder zurückpacken will«, lachte er. »Das, Prinzessin, nennt sich übrigens klaufen.«

»Hä?«

»Na, du lässt was Sauteures mitgehen, kaufst aber irgendeinen billigen Scheiß, damit du wirkst wie jeder andere Kunde auch. Capisci?«

»Aha.«

»So. Und wo wir gerade dabei sind, zeig ich dir noch was.« Mittlerweile waren wir auf der Tauentzienstraße, wo sich jede Menge Shoppingvolk drängte. Eine überstylte Trulla im Ledermantel wurde von drei Pinschern, die rosa Schleifen im Fell hatten, durch die Straße gezogen.

»So. Die rempelst du mal an. Wie aus Versehen. Und dann entschuldigst du dich nett und passt mal auf, was ich mache.«

Also nahm ich Kurs auf die Tante, tat aber so, als würde mich irgendwas auf der anderen Straßenseite brennend interessieren, und schon war ich mit ihr zusammengestoßen. Die Kläffer sprangen aufgeregt hin und her, die Leinen verknoteten sich, die Olle bücklings, die Köter wieder auf Kurs bringend. Dabei fiel ihr eine Zeitschrift aus der Hand. Sie fluchte.

»Oh, entschuldigen Sie. Das tut mir leid.« Ich hob die Zeitschrift auf und reichte sie ihr. Währenddessen hatte sich Basti hinter der Tante postiert und ließ blitzschnell seine Hand in ihre Handtasche gleiten. Déjà-vu. Déjà-vu. Déjà-vu. Der erste Abend im »Duncker«, als Basti Mila die Zöpfchen geflochten und den Spiegel aus ihrer Handtasche gezogen hatte. Eine akute Woge Selbstmitleid überspülte mich. Das ganz große Abenteuer hatte damals vor mir gestanden und nun bestand das ganze Abenteuer darin, irgendwelchen Leuten etwas wegzunehmen. Mein Magen krampfte sich zusammen und ich musste mich echt konzentrieren, jetzt nicht auf die Hunde zu kotzen.

Die Olle griff nach der Zeitung. »Danke. Ist ja nix passiert«, sagte sie und lächelte.

Und ich, ich zwang mich auch zu einem Lächeln. »Dann noch einen schönen Tag«, entgegnete ich und sah zu, dass ich Land gewann. Wir latschten zurück zum Wittenbergplatz und bevor wir die komische tempelartige Vorhalle des U-Bahnhofs betraten, öffnete Basti die Brieftasche, zog flink die Scheine und die größeren Münzen heraus und warf den Geldbeutel in den nächsten Mülleimer.

»Nicht schlecht, Alice. Dreihundertfuffzig Ocken.«

»Hm«, sagte ich nur. Irgendwie war mir nicht nach Quatschen.

»Na ja, jetzt weißte ja, wie's geht, Prinzessin.« Er steckte die Kohle ein und schlenderte einfach davon.

Unschlüssig stand ich herum, ich bekam schon gar

nicht mehr alles richtig mit. Und der Gedanke an einen Snief erfüllte mich mit einer Vorfreude, die ich nur von früher kannte, wenn die Aussicht bestanden hatte, Tara zu treffen. Unstillbares Verlangen. Gier. Ich hatte Knetgummibeine. Und trotzdem fuhr ich zu Tara. Ich konnte es einfach nicht. Leute beklauen. Heute konnte ich es noch nicht.

Als ich die Tür aufschloss, schlug mir eine seltsame Stimmung entgegen. Ein Großteil unserer Möbel war verschwunden und Tara hockte mit rot geheulten Augen auf dem Teppich. Vor ihr lagen ein Löffel, ein Briefchen Braunes, eine Dose Vitamin C, ein Filter, eine Spritze. Fuck! Eine Spritze! Die Möbel. Mann, hatte ich einen Druck. Alles drehte sich, drehte sich immer schneller, drehte sich um dieses Stillleben Löffel, Braunes, Vitamin C, Spritze, Filter. Und noch mal. Löffel, Braunes, Vitamin C, Spritze, Filter. Ich wurde von der Zentrifugalkraft erfasst und die schleuderte mich an den Rand meiner Vorsätze. Stoff! Iv. Scheiß drauf. Dann eben iv. Hauptsache, diese Schmerzen, diese Verwirrung hörten endlich auf. Ruhe. Frieden. Erlösung.

Ich hockte mich zu Tara auf den Teppich.

»Ich bin heut rausgeflogen beim Pizzaservice.«

»Warum?«

»Warum, warum! Was glaubst du wohl, warum? Weil ich dauernd über der Schüssel hing und mir die Seele aus dem Leib gekotzt habe, weil ich ständig nicht aufgetaucht bin, weil ich die Adressen und Bestellungen durcheinandergebracht habe. Darum.«

»Und die Möbel?«

Tara grapschte nach dem Braunen und warf es mir in den Schoß. »Da hast du deine Möbel.«

Ich griff nach dem Tütchen. Meine Hände zitterten. Scheiß auf die Möbel. Das, genau das war es, was ich brauchte. Scheiß auf Liebe, scheiß auf Sex, scheiß auf alles. Ich wünschte mir einfach nur, dass die Welt mal für einen Augenblick stillstehen würde, ein paar Sekunden nur, ein kleiner, glücklicher Tod, ein Nichts, Stille. Die absolute.

Wir sahen uns an und es musste nichts mehr dazu gesagt werden. Die nächste Stufe lag vor uns auf dieser dämlichen Treppe, die irgendwie nur nach unten führte. Es war Zeit, durch die nächste Tür hinter der Tür zu gehen.

Ich warf Tara das Braune wieder zu und die schüttete einen Teil auf den Löffel zusammen mit der Ascorbinsäure. Ihre Bewegungen waren fahrig und ungeduldig. Sie hielt das Feuerzeug unter den Löffel und das Zeug löste sich auf. Eine heiße, braune Brühe. Mit zittrigen Fingern zog sie das Zeug in die Kanüle.

»Pass auf, dass keine Luft drin ist«, sagte ich.

Tara verdrehte die Augen. »Du hast wohl zu viele Krankenhausserien gesehen, wa?« Sie band sich den linken Arm ab und starrte auf das Aderngeflecht, das dicker geworden war.

»Gute Reise«, murmelte ich, aber sie achtete gar nicht

auf mich. Stattdessen atmete sie tief durch, setzte die Spritze an, schloss die Augen und injizierte sich den Rotz. Eins, zwei, drei. In ihren Zügen Orgasmus hoch tausend. Schließlich zog sie die Kanüle aus ihrem Arm und schnickte sie in meine Richtung. Das Ding glühte zwischen meinen Fingern. Aber wenn Tara ihren Fuß auf diese Stufe setzte, dann wollte ich neben ihr stehen.

»**Wieder sehr** pathetisch. Und wann hast du beschlossen, von Taras Seite zu weichen?«, spottete Alice.

»Später. Viel später«, sagte ich. »Vielleicht zu spät.«

Also tat ich alles so, wie ich es bei Tara beobachtet hatte, aber als ich die Spritze dann in der Hand hielt, zögerte ich. Der letzte Schritt. Ich warf Tara einen Blick zu. Dann jagte ich mir das Zeug in die Venen.

»Blutsschwestern, Süße. Jetzt sind wir Blutsschwestern«, sagte Tara.

»Dann wird unsere Verbindung ab jetzt inzestuös«, merkte ich an. Tara lachte. Glücklich wirkte sie auf einmal. Oh, so glücklich. Da war sie wieder. Meine Tara. Als wäre sie nie weg gewesen. Und auf einmal fühlte auch ich mich so wohl. Geborgen. Alles war gut. Genau so, wie es war. Die watteweichste aller möglichen Welten. Wir umarmten uns. Und ich glaube, sonst taten wir nichts.

Und so ging es dann weiter. Eine Stufe tiefer. Woche für Woche. Ich ging klauen und dealen und kellnern und Tara suchte nach einem neuen Job. Ich hatte ihr vorgeschlagen, sie könne doch auch irgendwo in einer Kneipe anheuern, aber im Kiez war ihr das irgendwie zu peinlich. Und langsam konnte ich das verstehen. Manchmal ging es mir selbst so, dass ich im »Molli« blöd angemacht wurde.

»Hey, Alice in Junkieland. Mach mal ein bisschen schneller«, oder »Was 'n los? Haste heute nur Downer geschmissen oder was?«, oder der besondere Hit: »Gut siehste aus, heute schon gekotzt.« Und das waren die Leute, die damals ordentlich und auf Taras Kosten mitgefeiert hatten. Und dann bekam ich Lust, diese Tresensache einfach an den Nagel zu hängen. Brachte ja sowieso kaum was. Und dann gab es noch die Tage, an denen ging es mir echt dreckig. Zum Beispiel wenn das Shore schlecht war. Keine Ahnung, ob Basti das selber streckte oder ob er den Rotz auch nur irgendwo gekauft hatte. Und das waren die Tage, an denen ich spontan ausfiel, und das gefiel den Chefs natürlich gar nicht. Und irgendwie schwebte die Kündigung ohnehin schon seit Wochen über mir wie das ach so bekannte Damoklesschwert und eines Tages fiel es dann eben runter und hieb mir erst einmal den Kopf ab. Ich hatte ohnehin schon die ganze Woche ultramieses Karma und nachdem ich aus dem »Molli« rausgeflogen war, hatte ich erst einmal einen ziemlichen Absturz. Dazu kam, dass das Wetter auch schon so richtig herbstmäßig war, dabei war erst August. Das machte erst Spaß, bei diesem Pisswetter in der Hasenheide rumzustehen, wenn ohnehin kaum wer unterwegs war. Irgendwann war mir das zu blöd und ich trieb mich stattdessen am Kotti rum. Und weil das mal wieder alles nicht reichte, professionalisierte ich meine Klaukünste. Am Anfang schämte ich mich noch, wenn ich alten Omas die Handtasche ausräumte, aber irgendwann gewöhnst du dich an alles.

Was aber wirklich absurd war, war, dass Tara und ich uns kaum noch sahen, obwohl wir in derselben Bude hausten, weil jede so damit beschäftigt war, von irgendwo Kohle zu beschaffen. Und wenn wir uns dann mal über den Weg liefen, gerieten wir ganz schnell, oft völlig grundlos, in Streit. Zickenkrieg der Blutsschwestern. Junkienerven sind wie Kabel, die nicht isoliert sind. Ein Wort, eine Berührung nur, und schon gibt es eine gewischt.

»Das H wird immer zwischen uns stehen«, hatte Tara prophezeit, aber eine Zeit war es auch das kosmische Band gewesen, in Christenworten Hostie, heilige Kommunion unserer Liebe. Und jetzt war es wieder wahr. Jetzt stand es wieder zwischen uns. Ein Parasit, der in uns geschlüpft war, unsere Körper beherrschte und alles auflöste, was jede von uns gewesen war. Wenn das so weiterging, würde bald nur noch der Abschaum in uns regieren.

Und dann passierte eines Tages das Schreckliche, der Tag, an dem wir anfingen, nach einer Notbremse zu suchen, in dieser Schrottkarre, die mittlerweile unser Leben war. Aber unsere Karre hatte weder TÜV noch Bremse. Ich weiß auch nicht mehr genau, was eigentlich los war, aber es war wieder einer dieser beschissenen Tage, an denen ich nicht runterkam, und Basti hatte erst später Zeit und so latschte ich ziellos in der Gegend rum. Irgendwann fühlte ich mich plötzlich so erschöpft, dass ich mich auf einem ranzigen Sofa niederließ, das irgendwer am Straßenrand abgestellt hatte, und mir eine Kippe anzündete. Etwa ein halbes Dutzend ziemlich junger Mädels liefen am Straßenrand auf und ab, als würden sie auf irgendwas warten. Ab und zu hielt ein Auto und manchmal stieg eines der Mädels ein. Und erst nach einer Weile kapierte ich, dass ich den Logenplatz auf dem Straßenstrich gewählt hatte. Auf einmal sah ich eine große Gestalt mit schwarzer Mähne und ewig langen Beinen in Boots auf mich zukommen und irgendwie erinnerte mich das Mädchen an Tara. Ein BMW hielt an und das Mädchen beugte sich zum heruntergelassenen Beifahrerfenster hinunter und sagte irgendwas. Dann machte sie Anstalten, einzusteigen. Und da brannte bei mir eine Sicherung durch. Ich schleuderte die Kippe weg und raste wie eine Irre auf dieses Stillleben zu. Ganz großer Panikballon. Wer außer Tara sah wohl schon aus wie Tara? Und ich wusste selbst nicht, was ich tat, aber ich riss die Fahrertür auf und packte den Typen am Kragen:

»Hey, Arschloch! Lass meine Freundin in Ruhe!«

Der Typ lachte laut auf und wandte sich an Tara: »Ach, macht ihr es auch zu zweit?«

»Wichser!« Tara feuerte ihm eine und stieg wieder aus.

Der Typ schüttelte mich ab und setzte mit offener Tür nach hinten, um Tara einzuschüchtern. Dann beugte er sich noch einmal aus der Tür und schrie uns zu: »Ihr dämlichen Fotzen!«

Tara zeigte ihm den Finger und mit quietschenden Reifen fuhr er an und verschwand in der Nacht.

Und da standen wir uns gegenüber. Tara und ich. Wieder diese Knetgummibeine. Meine Augen spiegelten sich in Taras Huskyaugen. Und dann fiel ich einfach um.

Als ich die Augen aufschlug, hatten sich Tara und Leander über mich gebeugt. Zuerst war ich völlig verwirrt und wusste überhaupt nicht, wo ich war, aber dann erkannte ich den Teppich mit den psychedelischen Mustern.

»Na Prinzessin. Du machst ja Sachen. Jetzt müssen wir dich schon bewusstlos vom Straßenstrich aufsammeln«, lachte Leander.

»Halt die Klappe, du Blödmann!«, entgegnete ich. Alles drehte sich. Das Drogenkarussell hatte ein paar Umdrehungen pro Sekunde zugelegt.

»Na ja, Alice scheint fürs Erste gerettet, ich mach dann mal los«, sagte Leander und ging zur Tür.

Tara warf ihm einen seltsamen, langen Blick hinterher.

Ehe er die Tür hinter sich schloss, rief Tara: »Le!« Er steckte noch einmal seinen Kopf in die Wohnung. »Ja?«

»Danke, Mann.«

Er winkte ab. »Schon gut, Mann.« Und dann war er weg.

Und so langsam kam auch meine Erinnerung zurück, zusammen mit dem Panikballon.

»Warum, Tara? Warum?«, fragte ich.

»Warum, warum. Weil unsere Kohle nicht reicht. Darum«, sagte sie.

Und da zeigte es sich, dass der Ballon mehr so eine Art Wasserbombe war, die genau jetzt platzte und all ihr Wasser durch meine Augen drückte. Und ich konnte überhaupt nicht mehr aufhören zu heulen und ich wurde so richtig durchgeschüttelt von meinem Geschluchze.

Tara nahm mich in den Arm. »Jetzt beruhige dich doch mal wieder, Süße«, flüsterte sie.

»Wie lang machst du das denn schon?«

Tara zuckte mit den Schultern. »Drei Wochen oder so. Seit die mich aus der Pizzabude gekickt haben.«

Drei Wochen? Und da wurde ich wütend und hieb auf Tara ein. »Du dämliche Kuh! Drei Wochen?!? Und da hältst du es also nicht für nötig, mal irgendwas zu sagen?«

Tara drehte mir die Arme auf den Rücken. »Mann, Süße! Ich wollte dich nicht beunruhigen. Und außerdem haben wir uns ja kaum gesehen.«

»Du glaubst gar nicht, wie ich es hasse, wenn du mich

immer wie ein Kleinkind behandelst. Ich bin nicht mehr wondering Alissa. Wondering Alissa ist tot. Ich bin jetzt fucking Alice in Junkieland. Status iv. Was noch? Wovor willst du mich noch bewahren, hm? Tiefer geht's wohl kaum noch.«

»Doch, ein bisschen tiefer geht es schon noch. Noch mussteste deinen Arsch nicht verkaufen.« Tara ließ mich los und ich drehte mich nach ihr um. Sie hatte Tränen in den Augen. »Das ist so unglaublich. Erniedrigend. Widerlich. Einfach nur widerlich«, sagte sie mit einer Stimme, hohl und ohne Ton. Dann fiel sie mir in die Arme. Und es war ganz großes Theater. Die Blutsschwestern heulten sich die Seele aus dem Leib. Aneinandergeklammert wie Koalabären. Und irgendwann waren unsere Tränendrüsen leer und die Äderchen unserer Augäpfel geplatzt und die Haut um die Augen rot und wund. Vom Schmerz ausgepresste Zombiejunks.

»Wir müssen damit aufhören, Süße!«, hörte ich mich sagen.

Ich hatte ein Fauchen oder irgendwas in der Art erwartet, aber Tara schwieg und meine Worte hingen in großen Buchstaben im Raum und wurden immer größer und größer, bis gar kein Platz für irgendwas anderes mehr war. Erst da öffnete Tara ihren Mund und sagte: »Ja, das müssen wir.« Dann stand sie auf, kramte im einzigen Schrank, den wir noch hatten und kam mit unserem Fixerbesteck zurück. »Und das wird unser letztes Mal sein.«

Ich schwieg, nickte aber. Unser letztes Mal, das klang

seltsam und groß und heroisch. Wir setzten uns gegenseitig die Nadel.

»Gute Reise! Genieß es«, sagte Tara und küsste mich.

»Du auch.«

Und ein letztes Mal lag wieder etwas Glanz auf unserem Tun. Wie heißt es so schön? Ein Ende ist immer auch ein Anfang. Also alles auf Anfang. Oh ja, da lag sie, die Welt hinter dem H. Riesig und bunt und wunderschön, und wir schwebten darüber auf unserem psychedelischen Teppich. Und das Ende war so schön, so vollkommen, so harmonisch. Ach, es war doch nur ein kleiner Schritt. Ein paar Tage das Zeug weglassen und neu anfangen. Kein Drama. Nichts Großes. Die Freiheit. Ich konnte sie spüren. Sie jagte durch meine Venen. Verschwunden der Regen und das Welkeblattgestöber. Frühling hatte Einzug gehalten in meinem Blutkreislauf. Vom Eise befreit waren alle Bäche. Die Unendlichkeit des Himmels war von durchdringendem Blau, Tarasaugenhuskyblau. Ich war angekommen im Blumenteppichland, das nach Freiheit duftete. Wie riecht Freiheit? Na so eben. Alles. Alles ist möglich. Alles wird gut. So gut. So viel besser als das.

Am nächsten Morgen war aller Glanz von uns gewichen und eine Unruhe trieb durch unsere Bude. Jetzt schon waren wir wie zwei Raubtiere im Käfig.

»Süße. Ich glaube, allein schaffen wir es nicht«, sagte Tara.

»Pfff … Ganz toll. Du willst doch nur einknicken.«

»Halt die Klappe. Ich will das.« Seltsam, »Entzug« oder »Kalter« ging keiner von uns beiden mehr über die Lippen. Tabuzone. »Ich will das so sehr, wie ich schon lange nichts mehr wollte.«

»Und? Willste deine Oma anrufen, dass sie uns dabei Händchen hält? Oder meine Superfamilie?«

»Blödine! Aber vielleicht könnte Le …?«

Ausgerechnet der seltsame Leander! Ich verdrehte die Augen.

»Leander, Leander, Leander! Was du immer mit Leander hast!«, keifte ich. Wir würden das nie schaffen. Niemals. Und schon gar nicht, wenn Leander seine Zynismen absondern würde.

»Zufälligerweise war es Leander, der dich gestern die Treppe hier hochgeschleppt hat.«

Ich schwieg.

»Der Blödmann versteckt sich doch nur hinter seinem Zynismus.«

Ich schwieg weiter.

»Wir brauchen jemanden, glaub mir das, Süße. Wir werden uns gegenseitig nicht helfen können. Willst du vielleicht an deiner eigenen Kotze ersticken?«

»Tu, was du nicht lassen kannst«, murmelte ich und verzog mich aufs Klo. Wie ich diese ständige Verstopfung hasste. Obstipation. Ein schönes Wort. Dann übergab ich mich. Kleines Vorspiel zu dem, was danach kam.

Während ich versuchte, wieder auf die Beine zu kommen, hatte Tara Leander angerufen.

»Bitte!«, hörte ich sie betteln. »Ja … ja, ich weiß, was ich da von dir verlange. Ach, komm, wir haben doch schon lang nichts mehr zu verbergen voreinander. Soll ich vielleicht Basti fragen? … Eben. Der wird doch nicht die Kundschaft kurieren.«

Was lief da denn ab? Wieso hatten Tara und Leander nichts mehr voreinander zu verbergen? Das gefiel mir alles irgendwie gar nicht und schlecht gelaunt war ich sowieso.

»Ja, natürlich ist Alice auch da. Wieso? Was glaubst du denn? … Na ja, ich hab sie ja in diese ganze Scheiße reingezogen … Du Arsch!« Sie lachte laut auf. »Okay, bis dann!«

Na toll, was hatte Leander schon wieder über mich gesagt? Aus dem wurde ich echt nicht schlau. Falling Alice. Down, down, down. Oh, so down. Und dann übergab ich mich noch einmal.

Eine Stunde später stand Leander mit zwei riesigen Plastiktüten vor der Tür. Ich ließ ihn rein und Tara überreichte ihm die Schlüssel.

»Was ist denn da drin?«, fragte ich und machte mit dem Kopf eine Bewegung Richtung der Tüten.

»Valium. Essen. Getränke. Alkoholfrei.«

»Und ihr seid sicher, dass ihr das wollt?«

Tara verdrehte die Augen. »Mann, tiefer geht's nicht mehr. Das ist einfach nur noch eine verfickte Scheiße. Also, lass es uns hinter uns bringen.«

Leander nickte und schloss die Tür zu. Dann schob er sich den Schlüssel in die Hosentasche.

»Wie sieht's mit Musik aus?«

»Mach, was du willst«, sagte Tara.

»Hmmm ...«, Leander lachte. »Das würde dir nicht gefallen. Und der Prinzessin erst recht nicht.«

Was sollte das denn schon wieder?? Schrecklich. Mir ging gerade alles auf die Nerven. Und diese Unruhe war kaum zum Aushalten.

»Ha, ha!«, meinte Tara und ließ Leander einfach stehen und legte sich ins Bett. Ich verzog mich ins andere Zimmer und starrte auf den psychedelischen Teppich. Der Wecker tickte, tickte, tickte, tickte. Ich stand auf und nahm die Batterien heraus, aber in meinem Kopf tickte er weiter. Tickte. Tickte. Tickte. Wieder stand ich auf und latschte im Zimmer auf und ab. Meine Unruhe wuchs. Was für eine beschissene Idee das alles. Leander beschallte die Bude mit Mogwai.

Ich war in einem seltsamen Zustand. Ich schlief nicht, aber wach war ich auch nicht. Ein Dämmern zwischen Nichtwelten. Meine Muskeln schmerzten. Und diese verfluchte Kälte. Okay, das Projekt war gescheitert. Scheiß drauf. Ich brauchte Stoff. Stoff. Stoff. Dieses eine Mal noch. Jetzt. Ich war Alices totales Verlangen. Ich war ihre unstillbare Gier. Ich war das, was damals Pias Gummitiere bis auf das letzte vernichten musste. Das, genau das war ich. Wie selbstverständlich ging ich nach draußen zum Schrank. Da war doch noch was übrig von gestern.

Oder war es vorgestern? Ich hatte kein Zeitgefühl mehr. Aber als ich die Tür öffnete, kam Leander angelatscht und blickte mir über die Schulter.

»Na, die Prinzessin gräbt nach Stoff?«

»Das geht dich gar nichts an«, fauchte ich.

»Das geht mich sehr wohl was an. Immerhin bin ich der Aufpasser.« Er grinste.

Ich grapschte nach dem Päckchen und wollte es mir in die Hosentasche schieben. Aber Leander streckte die Hand danach aus. Ich wich zurück und starrte ihn hasserfüllt an. Das war meins, meins, meins. Lieber würde ich den ganzen Beutel schlucken, als ihn diesem Arsch zu überlassen. Aber Leander war mit einem Satz bei mir, drehte mir den Arm auf den Rücken und entwand mir das Briefchen.

»Lass das! Das ist meins!« Meine Stimme klang total schrill und panisch. »Gib das wieder her!« Ich stürzte mich auf ihn, aber er drehte sich um und lief los. Ich rannte hinterher und meine Fäuste trommelten auf seinen Rücken ein, aber Leander latschte ungerührt ins Badezimmer. Er hielt das Briefchen über die Klobrille und ich versuchte, es zu fassen. In diesem Augenblick ließ Leander los und zog an der Strippe. Ein Strudel in der Schüssel. Ich ließ mich auf die Knie fallen und starrte ins kreisende Wasser. Wie hypnotisiert. Alles drehte sich. Das Wasser, das Briefchen, mein Hirn, meine Gedanken, mein Magen. Alles. Auf einmal wurde das Briefchen nach unten gerissen, und ohne nachzudenken, glitt meine Hand ins Klo, ich erwischte das H und zog das tropfende Ding heraus. Unglaubliche Erleichterung machte sich in mir breit. Das ließ sich wieder trocknen. Da hatten wir auch schon schlimmere Scheiße genommen. Aber Leander, den ich irgendwie ganz vergessen hatte, so psycho war ich schon, gab mir eine schallende Ohrfeige. Und ich, ich klammerte mich wie eine Irre an das kleine Tütchen. Ich war zu Gollum geworden. Mein Ring, mein Schatzzzzzz! My precious!

Aber Leander entriss mir das Ding erneut, öffnete es und schüttete diesmal das Pulver ins Klo, und ich schrie und tobte und war überhaupt nicht ich selbst. Gollum, Gollum, Gollum war ich, eine seltsame verkrüppelte Kreatur, die hysterisch heulend vor dem Klo zusammenbrach. Und Leander tat wahrscheinlich das Klügste, was er fürs Erste tun konnte – er ließ mich einfach da liegen. Und da lag ich dann und ich tat mir so unglaublich leid und alles war so schrecklich und mit Sicherheit war ich der unglücklichste Mensch der Welt.

Und nach und nach kroch mir die Kälte in den Leib. Ich verwinterte zusehends. Meine Knochen vereisten, wurden durchsichtig, durchsichtige, zerbrechliche Glasknochen, und vor lauter Kälte konnte ich mich gar nicht mehr rühren. Ich spürte, wie meine Haare weiß wurden, alles voller Raureif. Ich war der Winter, ein verharschtes Etwas mit blauem Fleisch und gläsernen Knochen. Unerbittlich kalt, und wenn ich mich bewegen würde, würde ich einfach in tausend Eiskristalle zersplittern, und ich sah, wie sich das ganze Badezimmer mit Eis überzog, bläulich schimmernd, ein Eispalast und ich mittendrin, die von ihrem Thron gerutschte und zerschlagene und zersplitterte Schneeprinzessin. Und auf einmal musste ich pissen und ich versuchte aufzustehen, aber ich rutschte aus, so glatt war alles, und zerbrach in weitere zehntausend Eiskristalle und dann floss die Brühe einfach aus mir raus und für ein paar Sekunden war es ein wenig wärmer unter mir und danach wurde es mir noch kälter. Die Schneeprinzessin festgefroren in ihrer eigenen unerlauchten Pisspfütze fünf Zentimeter vom Klo entfernt, und ich wünschte mich weg, nur weg aus dieser Welt, irgendwohin, wo es fünfzig Grad im Schatten hatte.

Irgendwann tauchte Leander wieder auf und fluchte, und ich, ich zitterte wie Espenlaub. Er riss mir die Klamotten vom Leib und stellte mich unter die Dusche, aber mir knickten die Beine weg. Er fing mich auf und bugsierte mich in die Badewanne und ließ Wasser über mich laufen und schrubbte mich ab. Dann wickelte er mich in ein großes Handtuch und platzierte mich auf dem psychedelischen Teppich, während er Unmengen von Malerfolien über meinem Bett ausbreitete, und ich fragte mich, wozu das alles noch. Ich war doch schon so gut wie tot und daran war nur er schuld. Er allein. Was hatte er denn den Stoff auch ins Klo werfen müssen?! Und die Kälte schnürte mir die Luft ab und meine Haut fiel bestimmt schon von den Glasknochen und alles wackelte und drehte sich und klirrte und knirschte und auf einmal wurde ich ins Bett gehoben und mit allem Möglichen zugedeckt. Aber es war zu spät. This is the end, my only friend. The end.

Mein Mund wurde aufgerissen und jemand goss mir Flüssigkeit hinein. Ich versuchte zu schlucken. Und fast hätte ich wieder gekotzt, aber dann trank ich gierig. Mehr und mehr und mehr. Und auf einmal sah ich Tara. Ein Häufchen Elend, zitternd und mit bebenden Lippen und sie klammerte sich an Leander und schrie, er solle sofort die Tür aufmachen, aber er stieß sie zurück in ihr Zimmer. Und ich sah das zwar, aber es war so weit weg. Tara. Ein anderes Universum. Momentan nicht verbunden mit meinem.

Und ich, ich war auf einmal ganz allein auf der Welt. Alle waren gestorben. Die zerschmetterte Eisprinzessin, die blau gefrorene Gollumkreatur, zu der ich geworden war, war auf einmal Herrscherin der Welt. Aber was für einer Welt. Eine Nachatomkriegswelt. Ich herrschte über die pure Ödnis und fünf Meter lange schwarze Kakerlaken, die mit ihren Antennen in jede Öffnung meines starren, blauen Leibs eindrangen und mir Stromstöße von innen versetzten und mich dadurch fernsteuerten. Willenlose Herrscherin über ein Heer von glänzenden, sich windenden Chitinpanzern, Eipakete absondernden Hinterleibern, ein Meer miteinander verklebter weißer, wogender Eischnüre und Millionen neu hervorbrechender Kakerlaken, und es war kaum noch Platz in dieser Welt, und je weniger Platz diese widerliche Fruchtbarkeit ließ, desto fester rammten sich die Antennen in mich hinein und endlich, endlich platzte ich einfach. So ist der Orgasmus der Hölle.

Als ich wieder zu mir kam, war die Eisprinzessin schweißgebadet und trotzdem eiskalt. Alles tat weh. So weh. Von draußen hörte ich Tara brüllen. Tara. Ein Name aus einem anderen Leben. Tara. Fremder, brüllender Stern. Und auf einmal wollte ich nichts anderes als sterben. In die Küche wollte ich gehen und mir die Adern aufschneiden. Das wollte ich, aber ich konnte nicht. Mein Körper war ein kaltes, zuckendes, unkontrollierbares Etwas. Die pure Sinnlosigkeit. Und ich starb. Jede Sekunde starb ich. Jede Sekunde ein anderer Tod.

Wer so was noch nicht erlebt hat, kann es sich nicht vorstellen, aber es war die pure Qual. Du stirbst und stirbst und stirbst. Nicht.

Aber dann wurde es langsam ein wenig besser. Die Realität kam zurück. Unscharf, aber immerhin. Und die Herrin der Kakerlaken entstieg langsam ihrer Hölle. Ich war völlig ausgetrocknet und Leander flößte mir Wasser ohne Ende ein. Ich trank an diesem Tag bestimmt sechs Liter. Müde sah Leander aus. Rot umrandete Augen. Geplatzte Äderchen.

»Na, Prinzessin. Biste doch nicht gestorben, wa?«
»Hm?«
»Na, die letzten Stunden hast du mir die Zeit damit

vertrieben, so ziemlich alle Todesarten aufzuzählen, die das Universum bereithält.«

»Aha ...« Mehr brachte ich nicht heraus. Ich glaube, ich habe mich noch nie im Leben so schwach gefühlt, aber immerhin war mir nicht mehr ganz so kalt. Nach und nach registrierte ich meine Umgebung. Neben mir stand ein Eimer, in dem irgendwas Dunkles herumschwamm.

Leander verfolgte meinen Blick. »Galle. Oder Blut. Oder beides. Ich hab echt gedacht, du nibbelst mir gleich ab.«

Als Nächstes fiel mir auf, dass sich alles um mich rum nass anfühlte. Ich lüftete ein wenig die Decken und ein bestialischer Gestank kroch mir in die Nase. Entsetzt sah ich Leander an. Der zuckte bedauernd mit den Schultern. »Du hast so gekrampft. Ich hab es einfach nicht geschafft, dich zum Klo zu bringen. Sorry.«

Mir kam es schon wieder hoch und ich spuckte in den Eimer.

»Sorry«, sagte ich. »Du musst ganz schön ekelresistent sein.«

»Hey Prinzessin, das muss dir nicht peinlich sein. Das kann halt passieren bei 'nem Kalten.« Und nach einer Weile fügte er hinzu: »Tara hat auch nicht graziöser gekotzt und gekackt.«

Und obwohl ich irgendwie unterschwellig total gereizt war, musste ich lachen, und ich verstand plötzlich, warum Tara Leander so mochte und warum sie ausgerechnet ihn geholt hatte. Der blöde Zyniker war ein Freund. Echt.

Nach ungefähr einer Woche waren Tara und ich dann so halbwegs über den Damm. Zumindest körperlich, meine ich. Nicht, dass es uns wirklich gut gegangen wäre, aber die schlimmsten Entzugserscheinungen waren weg. Nur der Kopf sah das ganz anders. Alice hockte in meinem Hirn wie eine Spinne und sobald sich auch nur der kleinste vernünftige Gedanke in ihrem Netz verfing, krabbelte sie gierig darauf zu, vergiftete ihn, spann ihn ein, fraß ihn auf. Alice wollte nur eins: dass alles wieder so werden würde wie früher. Am liebsten ohne Alissa. Alissa war langweilig, ein Störenfried. Who the fuck is Alissa? Alissa? Eben.

Tara ging es ähnlich. Und manchmal erwischten wir uns, wenn eine zum Schrank ging. Und dann wussten wir, dass es Zeit war für die totale Ablenkung. Spaziergänge und Zukunftsplanung.

Also gingen wir spazieren. Das tat gut, obwohl dieser Herbst echt ätzend war. Und dann planten wir unsere Zukunft.

»Indien. Ich geh nach Indien. Süße, kommst du mit?«, fragte Tara.

Indien? Na klar. Ich war noch nie in einem Land außerhalb Europas gewesen.

Und dann klauten wir einen Reiseführer, rissen die Karte heraus und pieksten Stecknadeln in alle Städte, die wir sehen wollten. Und: Zum Amber Fort wollten wir auf einem Elefanten reiten.

Und dann wollten wir noch unser Abi nachmachen und Tara wollte bildende Kunst studieren und ich Astrophysik und dann wollten wir berühmt werden und wohlhabend und in eine Jugendstilvilla ziehen und Vernissagen machen und auf der Dachterrasse sollte ein riesiges Teleskop stehen. Ach ja, und die Welt wollten wir sehen. Erst Indien und dann die Welt.

Und das klang alles so prächtig, aber wenn wir dann eine Weile in unserer möbellosen Bude waren, war das alles wieder ganz schön weit weg, weil dann die schnöde Wirklichkeit ziemlich unbarmherzig über uns hereinbrach. Wir hatten keine Kohle. Die Miete war seit Ewigkeiten nicht mehr bezahlt und zu meinen Eltern wollte ich auf keinen Fall zurück. Und dann begann es wieder zu glitzern und zu funkeln, dieses Tor, das Asyl aller Lebensflüchtlinge.

Tatsächlich hatten wir es ein paar Wochen geschafft, clean zu bleiben. Aber auf dem psychedelischen Teppich türmten sich ungeöffnete Briefe und wir mussten sie auch gar nicht öffnen, denn ihr Inhalt erschloss sich schon über den Absender. Strom, Miete, Handy. Eine extramiese Karmawolke schwebte über dem Haufen und eines Tages warf ich die Briefe einfach weg. Und das war auch der Tag, an dem der Strom abgestellt wurde. Das dünne Gerüst unserer wackligen Existenz war schwer ins Schlingern geraten. Und genau an diesem Tag tauchten Lilly und Jaro seit Wochen wieder mal bei uns auf. Sie sahen beschissen aus. Unsere Fabrik war gesprengt und damit waren die beiden obdachlos geworden. Also jetzt wirklich. Und sie fragten, ob sie die Nacht bei uns bleiben könnten. Und so hockten wir auf dem psychedelischen Teppich um ein Teelicht herum, und wenn wir eine Wahl gehabt hätten, hätte die Flamme eventuell einen gewissen Charme entwickeln können, aber so war sie nur Symbol, dass alles bergab ging, und das, obwohl wir jetzt clean waren.

Und irgendwann lagen dann eben mal wieder ein Löffel, ein Briefchen, Ascorbinsäure, Feuerzeug und Spritze und Filter auf dem psychedelischen Teppich und drehten sich, drehten sich schnell und schneller. Eine Spirale der Erlösung.

»Na ja, wenn ihr jetzt clean seid, sollen wir vielleicht ins Bad gehen?«, fragte Lilly.

Und Jaro versicherte: »Ist kein Ding, echt.«

Ich sah Tara an. Tara sah mich an.

»Ihr könntet uns nicht vielleicht was borgen?«, fragte Tara schließlich.

Jaro sah Lilly an, Lilly Jaro, und es war ihnen deutlich anzusehen, dass sie uns eigentlich nichts abgeben wollten. Schließlich zuckte Lilly mit den Schultern.

»Na ja. Ja, klar … Aber ihr seid doch jetzt clean?«

»Ach, scheiß auf clean. Clean ist alles noch viel schlimmer. Clean zu sein bringt einen erst recht um.« Es war

Alice, die da aus meinem Mund sprach. Alice hatte wieder die totale Kontrolle übernommen. Fixing Alice was back. Aber so was von. Wie naiv, anzunehmen, dass drei Wochen ohne Stoff Alissa Johansson wiederbeleben könnten. Alissa? Who the fuck is Alissa? Der Kern meiner Existenz war nicht Alissa, war nicht Tara, war nicht eine nicht zu erreichende Zukunft, der Kern meiner Existenz war die Droge. Jetzt. Das Anfluten der Erlösung in meinen Adern. Das war ich. Mehr wollte ich nicht sein. Wenn schon die ganze Welt unter ihrer Sinnlosigkeit litt, mein Leben hatte wenigstens einen Sinn. Diesen. Nur diesen. Und ich setzte mir die Nadel. Scheiß auf einen Sinn. Es war alles gar nicht so schlimm. Alles gut. Coming home.

Und damit begann der Wettlauf mit dem Teufel erneut. Frisch angefixt und schon bald waren wir wieder voll drauf. Und wir brauchten mehr, mehr, mehr. Die Mengen, die wir uns mittlerweile drückten, damit wir so halbwegs unseren Level hielten, waren so hoch, dass ein Erstkonsument damit schnurstracks in die Hölle gefahren wäre. Doch die Hölle war schon lange nicht mehr genug. Nachdem Jaro und Lilly uns angefixt hatten, blieben sie gleich bei uns wohnen und zuletzt rollten auch Jamila und Adolphe ihre Schlafsäcke bei uns aus. Adolphe war von der Uni geflogen, nachdem er das Physikum nicht bestanden hatte, weil er sich die ganze Zeit bei den Pharmazeuten herumgetrieben hatte. Seine Mutter hatte das irgendwie persönlich genommen und ihn rausgeworfen. Und bei Jamilas Familie brauchten sie sich ebenfalls nicht blicken zu lassen, die war schon seit Jahren auf Krieg gebürstet, seitdem Jamila das Kopftuch abgenommen hatte.

»Aber denk nicht mal dran, hier dein Labor aufzubauen, Adolphe«, sagte Tara und zog los, um noch einen Schlüssel nachmachen zu lassen.

Und so langsam verkam die Wohnung zu einer Art versifftem Matratzenlager. Die ursprüngliche Idee war, dass wir uns gemeinsam die Miete teilten. Aber wahrscheinlich hatte keiner von uns je wirklich an Miete gedacht. Weitere Briefe kamen, Anwaltsschreiben und Zeugs und wir verbauten sie ungelesen zu Tips. Tara ging wieder anschaffen und ich schnorrte und klaute. Und es war alles nicht mehr wichtig. Nur der nächste Schuss. Jeden Tag nur diese kleine Ziellinie galt es zu erreichen. Und selbst das wurde immer schwieriger.

Meine Klaufbeutezüge musste ich in immer entferntere Stadtteile ausdehnen, damit es nicht auffiel. Aber wenn ich schnorren ging, tat ich das am liebsten in der Tauentzienstraße, denn dort trieb sich ein Haufen Volk mit jeder Menge überflüssiger Kohle herum, und wenn keiner was gab, waren zumindest die Geldbeutel in den Hand- und Arschtaschen der Passanten gut gefüllt.

»Entschuldigung. Ich habe meinen Geldbeutel verloren. Könnten Sie mir eventuell ein paar Euro für eine Fahrkarte nach Hause borgen?«, begann ich meine Tour und stand einem riesigen bärtigen Bären gegenüber.

»Ruf doch einfach deine Eltern an, damit die dich abholen kommen«, entgegnete er und hielt mir sein Handy hin. Mist!

»Danke, das ist nett, aber die sind gerade im Urlaub«, spann ich meine Geschichte weiter.

»Na ja, wo wohnst du denn? Ich bin mit dem Auto hier. Vielleicht kann ich dich ein Stück mitnehmen?«, nervte er weiter. Alter! Kohle!, dachte ich. Und dann fiel mir sein Blick auf. Irgendwas Lauerndes lag darin. Fuck! Wer weiß, was der wollte! Ich ließ ihn einfach stehen und rannte davon. Ein paarmal blickte ich mich um, ob er mir hinterherkam, aber nichts. Gut. Trotzdem schon mal ein beschissener Einstieg in die Tour. Irgendwie war mir die Lust auf die Tauentzienstraße vergangen. Also zog ich weiter Richtung Wittenbergplatz. Wenn die Leute da so verpeilt die Treppe aus der U-Bahn hochkamen, waren sie manchmal recht spendabel.

»Entschuldigung. Hätten Sie vielleicht etwas Kleingeld für etwas zu essen?«, sprach ich eine alte Frau an, aber die ignorierte mich einfach. Na ja, man muss sich da auch mal an seine eigene Nase fassen. Wie oft hatte ich irgendwelchen schnorrenden Junkies Kohle gegeben? Eben. Es war einfach peinlich, angebettelt zu werden, und was ging einen so ein desolates Wrack an? Christliche Erziehung hin oder her. Trotzdem eine blöde Fotze.

»Entschuldijen Sie, hättense vielleicht een bisschen Kleinjeld?« Ich wandte mich an ein noch relativ junges Pärchen im Businesslook und ließ gleich jede Begründung weg. Das hatte eh keinen Sinn. Aber der Typ griff in seine Hosentasche und drückte mir einen Fünfer in die Hand, wobei er es jedoch vermied, mich anzusehen.

»Besten Dank, der Herr! Ick wünsche noch einen prächtijen Tag!«, sagte ich. Das Pärchen ging schnell weiter. Na ja, sie hatten sich freigekauft. Wie ich damals auf dem U-Bahn-Klo. Mir fiel auf, dass ich schon wieder berlinert hatte. Gelegentlich tat ich das. Zu Hause hatte ich nur makellosestes Hochdeutsch gesprochen. Aber bei Touristen kam das Berlinern manchmal ganz groß. So von wegen Lokalkolorit. Hach, das war eben die unglaublich große Stadt, die Hauptstadt, und so ein paar freche Randexistenzen, das gehörte irgendwie dazu und dann wurde die Reisekasse kurz geöffnet und ein paar Münzen wechselten den Besitzer. Wir sind ja schließlich alle Berliner, wa?

Vielleicht lag es am pissigen Endnovemberwetter, aber meine Geschäfte liefen heute mehr als mäßig. Und ich hatte schon wieder einen ganz schönen Druck. Ich fummelte in der Tasche herum und zählte Münzen. Na, das konnte ich vergessen. Basti würde mir fett ins Gesicht lachen und die Tür zuknallen. Also weiter im Text. Von hinten sah ich so eine Tante im Ökochic. Die Öks sahen zwar immer ein wenig aus wie kompostiert, aber Kohle hatten die. Vielleicht könnte ich der ja mal in die Handtasche greifen.

Wunderbar, die hatte so einen handgeflochtenen Shopper. Das Paradies für alle Taschendiebe. Ich ließ meine

Hand in die Tasche gleiten, Reißverschluss auf, hoffentlich drehte die sich jetzt nicht um, und voilà, die Brieftasche. Die Olle hatte nichts gemerkt und schritt auf ihren handgenähten Eskimostiefeln weiter Richtung KaDeWe.

Ich fischte die Scheine und die Münzen heraus. Wow. Zweihundertsiebenunddreißig Ocken! Das würde ja bis mindestens übermorgen reichen. Vielleicht könnte man ja auch mal wieder ein bisschen Miete zahlen. Jetzt, wo der Winter vor der Tür stand. Meine Laune hatte sich gerade sehr gehoben. Ich stöberte noch ein wenig in der Brieftasche und zog ein ganzes Bündel Visitenkarten hervor.

»Dr. Gundula Maibach«, las ich. »Psychotherapeutin.« Na ja, liebe Frau Dr. Maibach. Nachher steht erst mal Selbsttherapie an. Kurieren Sie sich vom Vertrauen in die Menschheit und von der Benutzung von Shoppern, dachte ich und warf die Brieftasche in den nächsten Mülleimer.

Ich ließ mich auf einem Vorsprung nieder und zündete mir erst einmal eine Kippe an. Da vorne trieb schon wieder so eine Edel-Ök an. Was lockte die denn heute alle vom Prenzlberg hierher? Die Tante kam näher und irgendwie erinnerte sie mich vom Style her sehr an Ma. Superma. Größe, Statur, Haarfarbe – alles passte. Na ja, ich war ja noch nie der Meinung, dass der Lebensstil meiner Familie so überaus ungewöhnlich war. Nur sie hatten das immer angenommen. Die ökologisch abbaubare und rechtgläubige Elite eines untergehenden Landes. But – In God We Trust. Und dann verschluckte ich mich am Qualm, und gut, dass ich gerade saß, denn ich bekam superweiche Knie. Die Frau kam noch näher und es bestand kein Zweifel mehr. Das da – das war Ma. Zum Wegrennen war es bereits zu spät. Uns trennten nur noch etwa fünf Meter. Ich wollte mich zwingen, wegzusehen, aber es ging nicht. Ich starrte, starrte, starrte. Und irgendwie hoffte ich, dass sie mich ansprechen, und gleichzeitig fürchtete ich nichts mehr, als dass sie genau das tun würde. Mas Blick huschte über mich hinweg. Mein Herz sprintete in meinem Rippenkasten herum.

Bitte, sag was!, dachte ich.

Ihr Blick war schon weitergezogen und ich spürte, wie mich eine unglaubliche Enttäuschung durchflutete. Auf einmal huschte ihr Blick noch einmal zu meiner Gestalt zurück. Blieb kurz haften, scannte mein Gesicht. Da war so eine Trauer in ihren Augen und sie sah ein ganzes Stück älter aus, als ich sie in Erinnerung hatte. Unsere Blicke trafen sich für den Bruchteil einer Sekunde.

Jetzt!, dachte ich. Ich war die pure Anspannung, und trotzdem dachte ich, ich würde gleich rückwärts runterfallen.

Aber die Frau, die meine Mutter war, ging wortlos weiter. Ihr Blick hatte nicht genug Bekanntes in meinem Gesicht gefunden.

Als ich in unser Junkielager kam, raste ich zum Klo und wollte in den Spiegel schauen. Aber irgendwer aus unserer tollen WG hatte sich eingeschlossen und röhrte wie ein brünftiger Hirsch. Unruhig tigerte ich im Flur auf und ab und hämmerte schließlich gegen die Tür.

»Mann, mach mal hinne!«

Von drinnen röhrte es weiter. Ich verdrehte die Augen. Dieser WG-Scheiß ging mir in letzter Zeit total auf die Nerven. Ständig war irgendwer gerade total down, nie war die Bude mal leer, null Privatsphäre und mieses Karma, das war der Dauerzustand. Und dann dieser Gestank. Dauernd hatte gerade irgendwer seine Eingeweide nicht mehr im Griff.

Ein Käfig voller schlecht gelaunter Raubtiere. Alle lauerten auf Beute. Lass bloß keine Wertsachen oder Stoff irgendwo in einer Junkie-WG liegen. Das ist weg, so schnell kannst du gar nicht gucken. Und es ist auch nichts Persönliches. Es ist nicht dein Kumpel, dein Freund, deine Freundin, die dich bestiehlt, es ist die Sucht.

Endlich ging die Tür auf und Jamila geisterte bleich und mit schwarzen Ringen um die Augen an mir vorbei. Grußlos. Nahm mich wahrscheinlich gerade gar nicht so richtig wahr. Mann, wir waren echt das blühende Leben.

Aber endlich konnte ich ins Bad. Das stank vielleicht. Ich riss das Fenster auf und postierte mich vor dem Spiegel. Keine Ahnung, wann ich mir das letzte Mal so richtig ins Gesicht gesehen hatte. Wie konnte es sein, dass die Frau, die meine Mutter war, mich nicht erkannt hatte? Gut, ich hatte mir die Haare etwas dunkler gefärbt. Aber das allein konnte es doch nicht gewesen sein?

Ich scannte mein Gesicht Zentimeter für Zentimeter.

Meine Haut war schlechter geworden. Trocken und an manchen Stellen rotfleckig, und meine Augen sahen noch größer aus, weil ich noch dünner geworden war. Ein halb verhungertes Katzenjunges mit strohigem Fell. Das traf es ganz gut. Keine Frage, ich sah verdammt minderjährig aus und es grenzte fast an ein Wunder, dass ich noch in keine Personenkontrolle gekommen war, wenn ich nachts allein unterwegs war, und doch war da irgendwie auch so etwas Greisenhaftes.

Deine eigene Mutter erkennt dich nicht mehr, schoss mir wieder durch den Kopf, und erst so langsam begriff ich wirklich, was das bedeutete: Ich war eine Waise, deren Eltern höchst lebendig waren. Sie brauchten mich nicht, denn sie hatten ja noch vier andere Kinder. Superkinder. Und ich fing mal wieder an zu heulen. Alissa Johansson war tot. Heute am Wittenbergplatz hatte ich an ihrem Grab gestanden und übrig war nur Alice. Zum ersten Mal hätte ich sonst was dafür gegeben, wieder Alissa Johansson zu sein. Aber im Moment war da nur Alice. Und weil Alice das alles so gar nicht behagte, setzte sie sich erst einmal einen Schuss.

Und dann kam es, wie es vermutlich fast jedem abgebrannten minderjährigen Junkie ohne Eltern irgendwann ergeht. Tara hatte es mir ja prophezeit. Eines Tages verkaufst du deinen Arsch. Diese Zwangsläufigkeit ist so erschütternd unoriginell und nichts Besonderes, sondern die beschissene Realität, und wenn mir das vor anderthalb

Jahren irgendwer erzählt hätte, als ich noch Alissa Johansson, und zwar nur Alissa Johansson, gewesen war, ich hätte es vermutlich nicht geglaubt, dass es so dermaßen finstere Ecken in den Hirnen von scheinbar ganz normalen Bürgern gab. Vorhang auf – die Kinder vom Bahnhof Zoo in der Version 2.0.

Tara lag schon zwei Tage nur noch rum und war ein Schatten ihrer selbst und so hatte mir Jamila geholfen. Ich wollte Netzstrümpfe und Highheels und irgendwas Ultrakurzes anziehen und mich mächtig schminken, aber Mila hatte nur den Kopf geschüttelt.
»Nee, Schätzchen. Ganz anders. Die Typen wollen Frischfleisch. Du trittst dort gegen Elfjährige an und deine Kundschaft ist der komplexbehaftete Abschaum der Menschheit. Auf den Straßenstrich kommen die, die bei 'ner echten Frau keinen hochkriegen, weil sie Angst haben, weil sie die absoluten Loser sind oder weil sie so unglaublich krank sind in ihren kaputten Hirnen oder weil sie nichts hinkriegen in ihrem widerlichen kleinen Leben, und deshalb wollen sie dich beherrschen wie eine Sache, und bei den meisten kannste nicht mal davon ausgehen, dass sie dich auch nur entfernt irgendwie für so was wie 'ne menschliche Existenz halten. Also, was schlussfolgern wir outfitmäßig daraus?«
Ich zuckte mit den Schultern. Mir war schlecht, ich war ungeduldig und gereizt und ich wollte es schnellstmöglich hinter mich bringen. Mein Körper verlangte nach Stoff.

»Du musst möglichst jung aussehen, wondering Alice, sonst schnappen dir die Kinder die Freier weg. Mit siebzehn gehörste fast schon zum Gammelfleisch.«

»Okay, Mila, tob dich einfach an mir aus, aber mach hinne, ich muss los!«

»Kannst dein erstes Mal ja gar nicht erwarten!«, zog mich Jamila auf.

Ich warf eine leere Bierdose nach ihr. »Jetzt fang schon an, dämliche Kuh!«

Und dann legte Mila Hand an mich. Zehn Minuten später sagte sie: »So, fertig«, und bugsierte mich vor den Spiegel. Ich sah völlig bescheuert aus. Links und rechts meines Gesichts baumelten zwei geflochtene Zöpfchen, die mit albernen pinkfarbenen Schleifen zusammengehalten wurden und meine Augen hatte sie so groß geschminkt, dass ein Katzenjunges dagegen schlitzäugig ausgesehen hätte. Und dann hatte sie mich auch noch in ein rosafarbenes Hello-Kitty-Girlie-Shirt gepfercht. Und klein, wie ich nun mal war, sah ich jetzt echt aus wie höchstens zwölf.

»Okay, danke, Mila. Ich mach dann mal los«, sagte ich, aber Jamila druckste noch ein wenig herum.

»Sag mal, Prinzessin, ähm, ich will dir ja nicht zu nahe treten, aber – ich meine, hast du es überhaupt schon mal mit 'nem Typen gemacht?«

Ich schüttelte den Kopf.

»Dann nimm mal lieber das mit.« Mila warf mir eine Tube zu. Gleitgel, las ich.

»Am besten, du trägst das gleich auf. Die sind nicht alle so drauf, dass sie dich da noch lang irgendwie rumschmieren lassen.«

»Aha. Okay«, sagte ich und ging noch mal aufs Klo. Als ich den Deckel aufschraubte, merkte ich, dass ich schon wieder zittrig wurde. Es wurde verdammt noch mal Zeit, dass ich loszog. Ich hätte Mila echt gern mitgenommen, aber wahrscheinlich war es besser, dass ich allein ging.

Ich fuhr bis zum Nollendorfplatz und latschte unschlüssig herum. Dann bog ich in die Einemstraße ein. Hier standen schon ein paar Girls herum. Irgendwie kriegt man ziemlich schnell einen Blick für so was. Vor ein paar Monaten hätte ich es gar nicht bemerkt, dass ich mich auf dem Straßenstrich befand. Aber vielleicht war er ja damals auch noch woanders. Der Straßenstrich ist so dauerhaft wie das Wetter.

Die Mädchen sahen ziemlich hübsch aus und ich kam mir so unendlich hässlich vor mit meinen blöden Zöpfen. Also zog ich weiter über den Kufü, aber da brauchte ich es erst gar nicht zu versuchen. Dieses Gebiet war schon ganz genau abgesteckt. Blieb eigentlich nur noch die Pohlstraße, wo ich Tara damals gefunden hatte. Die Pohlstraße war echt gruselig, vor allem im hinteren Teil, wo sie auf die Dennewitz- und Flottwellstraße führte, jede Menge Gesträuch und der eklige Parkplatz an der Brachfläche.

Und dann stand ich genau da. Völlig allein. Außer Konkurrenz. Irgendwie war nicht eben viel los. Und jedes Mal, wenn ein Auto vorbeifuhr, zuckte ich zusammen und dachte »scheiße« und zugleich hoffte ich verzweifelt, dass endlich einer dieser scheiß Typen anhielt, anstatt nur langsamer zu fahren und blöd zu glotzen. Ich stöckelte die Straße entlang und rauchte eine nach der anderen und wurde immer nervöser und als ich gerade gar nicht mehr daran glaubte, dass ich heute noch irgendwo Kohle auftreiben würde, blendete ein Benz voll auf, sodass ich erst mal überhaupt nichts sehen konnte. Dann fuhr er auf meine Höhe, das Fahrerfenster wurde heruntergelassen.

»OV – wie teuer?«, fragte er.

»Achtzig«, antwortete ich und wunderte mich selbst, wie ruhig ich auf einmal war. Aber diese ganze Sache war irgendwie in den absoluten Hintergrund gerückt. Ich hatte ein höheres Ziel. Die Erlösung. Für ein paar Stunden nur, aber nichts weniger als Erlösung.

»Ganz schön teuer, du Elfe.«

Ich zuckte mit den Schultern und sagte: »Im Leben hat alles seinen Preis.«

»Auf den Mund scheinste ja nicht gefallen zu sein, wa? Wie alt biste denn?«

»Zwölf«, log ich.

»Hmm ... Na also gut, steig ein.«

»Erst die Kohle.«

Er kramte umständlich in seinem Geldbeutel und ich, ich hatte nur noch Dollarzeichen in den Augen. Los, du

Arsch, mach hinne, dachte ich und wurde hibbelig. Ich steckte mir eine neue Fluppe an und er sah mich überrascht an.

»Das ist aber nicht gesund«, meinte er. Irgendwie kam mir die Stimme bekannt vor.

»Na, zu vier mal so alten Typen ins Auto zu steigen, um mit ihnen Sex zu haben, aber auch nicht.«

Er lachte laut auf. Dann stieg ich ein und er kurvte irgendwo in der Gegend herum, bis wir zu einer Brachfläche kamen. Er hievte sich aus der Karre und nahm eine Plastiktüte aus dem Kofferraum und ich konnte mir nicht helfen, er erinnerte mich an irgendwen.

»Komm«, sagte er und dann stiefelten wir durch kniehohes Gras, bis wir zu einem alten Wachhäuschen oder so kamen. Dann reichte er mir die Tüte.

»Da, zieh das an und wenn du fertig bist, kommst du raus.« Er drehte sich um und ging nach draußen. Ich griff in den Beutel und fand einen Faltenrock, eine weiße Bluse und einen ollen Kinderschlüpper mit Teddybär drauf und ein dazu passendes Hemdchen. Was sollte das denn werden?, fragte ich mich, zog den Scheiß aber an, auch wenn er ein wenig eng war, und ging nach draußen.

»Wie hübsch du aussiehst, Angelika!«

Ich wollte schon verkünden, dass ich nicht Angelika hieß, aber genau in diesem Moment fiel mir ein, woher ich ihn kannte. Das war der Schmitt. Dr. Schmitt, Vorbeter in unserer ach so honorigen Gemeinde, und ratet, wie seine zehnjährige Tochter heißt. Richtig. Angelika. Und da war er wieder, der Panikballon. Riesengroß und blutrot. Und ich zitterte wie sonst was und diesmal war es nicht, weil ich dringend Stoff brauchte.

»Du brauchst keine Angst zu haben, Angie. Papi hat eine Überraschung für dich.« Und er führte meine Hand an seinen Unterleib. Es fühlte sich ekelhaft hart und riesengroß an und mein Gezitter schien den Arsch auch noch mächtig zu erregen. Er stöhnte auf. »Los, Angie, sag zu Papi: Ich will an deiner Zuckerstange lecken!«

Grundgütiger! Ich war im falschen Film. Total im falschen Film. Cut!!! Stopp. Ende. Aber nein, die wahre Erlösung lag hinter diesen Worten. Und selbst wenn mir beim Aussprechen die Zunge abbrechen würde, ich musste sie irgendwie über meine Lippen bringen. Also wiederholte ich mit tonloser Stimme diesen unsäglichen Satz und kaum hatte ich ihn ausgesprochen, riss sich Schmitt die Hose auf und ich dachte: Abbeißen. Einfach abbeißen und der Welt bliebe viel erspart. Aber meine Lippen taten, was von ihnen verlangt wurde und der Typ war so in Wallung, dass er meinen Kopf in Richtung seiner fetten, haarigen Wampe riss, und es muss die Faszination des Grauens gewesen sein, dass ich die Augen nicht schloss, und er grunzte, wirklich, das Schwein grunzte, und da kam er auch schon. Warm und schleimig und irgendwie wie ranziges Eiweiß. Schlagartig ließ er von mir ab und ich sank in mich zusammen und kotzte mir die Seele aus dem Leib, während Schmitt schon wieder sehr geschäftig war, mit einem Tuch sein klein und schrumplig gewordenes Ding polierte und es ganz rechtsträgermäßig in seiner Maßanzughose verstaute.

»Zieh das wieder aus und steck es in die Tüte, ja?« Und schon war ich nicht mehr Angie, sondern das Produkt in seinem Warenkorb. Gekauft hatte er eine Klärgrube, in die er seinen ganzen Hirnkot kackte, damit er zu Hause schön den Saubermann leben konnte.

Meine Kotzerei übersah er geflissentlich. Es gehörte nicht zum Spiel. Ein Unfall, nichts Schlimmes, nichts, was ihn betraf, nichts, worüber es schicklich gewesen wäre zu reden. Ich ging wieder in die Hütte und zog mich um, aber irgendwie ertrug ich die albernen Zöpfe nicht mehr und löste meine Haare. Dann stopfte ich die Klamotten in die Tüte, ging nach draußen und überreichte Schmitt das Bündel. Eine leichte Irritation huschte über sein Gesicht.

»Sag mal, dich kenn ich doch. – Alissa? – Alissa Johansson?«

Ich nickte. Das war nun echt überraschend. Ein flüchtiger Bekannter der Familie erkannte die gewesene, Gott hab ihre Seele gnädig, Alissa Johansson, aber ihre eigene Mutter nicht. Darüber musste irgendwann noch einmal gründlich nachgedacht werden, aber nicht jetzt.

»Ja, Dr. Schmitt. Und ich gehe davon aus, dass wir in beiderseitigem Einvernehmen diese ganze Angelegenheit streng vertraulich behandeln«, hörte ich mich sagen und das klang ganz schön cool. Nun war er es, der zitterte. Fahrig wischte er sich mit dem Einstecktüchlein die Schweißperlen von der Stirn. Dann nickte er beifällig und schien sehr froh, als er mich endlich los war. So ist das. Manchmal kann man gar nicht so schnell gucken, wie man zur Komplizin eines bigotten Arschlochs geworden ist. Und auf einmal hatte ich diesen Tori-Amos-Song im Kopf: »Blood roses, blood roses, back on the street now ... Sometimes you are nothing but meat.«

Auf dem Weg nach Hause musste ich noch ein paarmal kotzen. Meine Güte. Was gab es für Typen in dieser Welt. Ich nahm noch einen Umweg über Bastis Wohnung.

»So wie du aussiehst, darf es heute wohl ein bisschen mehr sein, wa?«, begrüßte er mich.

Ich nickte und warf ihm die Kohle, die mir der erste Blowjob meines Lebens eingebracht hatte, vor die Füße.

»Geht man so mit seinem Retter um?« Er drückte mir ein paar Pillen in die Hand.

»Retter. Fick dich doch«, sagte ich und ging.

»Ein bisschen mehr Dankbarkeit könnte nicht schaden, Prinzessin!«, rief er mir noch hinterher.

Ich hielt nur den Finger hoch, drehte mich aber nicht mehr nach ihm um.

Als ich nach Hause kam, sah ich als Erstes nach Tara. Ich musste unbedingt mit jemandem reden. Sie lag noch genauso auf der Matratze wie vorhin. Ich rüttelte sie. Für einen kurzen Augenblick öffnete sie die Augen und murmelte »Verpiss dich!«, und dann schlossen sich ihre Lider wieder. Ich lief durch die Wohnung, aber keiner war da. Sonst platzte die Bude aus allen Nähten, aber wenn man einmal jemanden brauchte, war keiner da. Ich hatte einen Kloß im Hals und konnte kaum schlucken. Wie gerne hätte ich jetzt geheult, aber meine Augen blieben trocken.

Welcome to hell!, dachte ich. Ich hatte die letzte Stufe erreicht. Die Plateauphase, und danach kam nur noch der Tod. Ich fummelte in meiner Tasche nach meinem Einkauf. Irgendwas fiel zu Boden. Ich tastete danach. Mann, das mit dem abgestellten Strom konnte einem wirklich auf die Nerven gehen. Schließlich hatte ich die Tube in der Hand. Das Gleitgel! Und Schuss. Ruhe in Frieden. Bis morgen früh, Alice!

Aber das hatte ich mir so gedacht. Von wegen ruhige Nacht. Basti hatte mir eine total gestreckte Scheiße verkauft. Keine Ahnung, was da noch so alles drin war. Kloreiniger, Mehl, Koffein, was weiß ich. Jedenfalls war ich wach. Hyperrealistisch wach. Mein Herz raste. Alles drehte sich. Ein schwindelerregender Albtraum. Angie. Eine rotierende Waschmaschinentrommel im Hirn. Papi hat eine Überraschung für dich. Ein Druck auf den Ohren. Gleich, gleich wird mir das Hirn platzen. Und meine Familie. Ein neues Kind hatten sie. Ein Ersatzkind. Tausendmal besser als Na-ja-Absturz-Junkie-Alissa. Das total perfekte Ersatzkind. Ich kotzte, kotzte, kotzte. Kotzte den Schmitt aus und Angie und den Teddybärenschlüpper, kotzte meine Familie aus und meine Vergangenheit und die Vorstellung vom Ersatzkind. Und als ich nicht mehr kotzen konnte, hörte ich, wie sich ein Schlüssel im Schloss umdrehte, Schritte auf mich zukamen, und dann saß irgendwer auf meiner Matratze.

»Na Prinzessin. Haste schlechten Stoff erwischt?«, fragte Leanders Stimme.

Ich nickte. »Basti, dieses Arschloch.«

»Hm, glaube nicht, dass er das war. Er hat halt 'ne schlechte Charge erwischt. Woher soll er denn wissen, was drin ist?«

Leander stand auf und kam mit einer Flasche Wasser und einem Eimer zurück. Das Wasser flößte er mir ein und dann fing er an, meine Kotze aufzuwischen.

»Hey, das musst du dir doch nicht antun«, sagte ich.

»Schon okay. Besser, als in deinem Dreck zu sitzen.« Er lachte.

»Fick dich!«

»Der Onkel macht doch nur Spaß.«

Als er fertig war, hockte er sich wieder neben mich. »Wie geht's Tara?«

»Sie dämmert so vor sich hin. Seit zwei Tagen.«

»Und dir?«

»Mann, glänzend. Sieht man doch«, antwortete ich.

»Nee, ich meine so allgemein halt.«

Was sollte das denn jetzt werden?

»Weiß nicht, du hast ganz schön schnell abgebaut«, sagte er. »Ich meine, na ja, dafür, dass du noch nicht mal anderthalb Jahre drauf bist, biste schon ganz schön im Arsch.«

»Ja. Danke für die Blumen.«

Ich fragte mich, wie Leander das machte. Er konsumierte ja auch. Aber irgendwie merkte man ihm das nicht so wirklich an. Na ja, man hörte ja immer von Leuten, die das Zeug schon seit Jahren nahmen. Unvorstellbar. Noch sechs Monate wie dieser und ich würde tot sein. Das war mal so sicher wie das Amen in der Kirche. Und da krampfte sich alles in mir zusammen, und ich beugte mich über den Eimer und trennte mich wieder von dem Wasser, das ich eben getrunken hatte. Und dann wurde mir so langsam klar, dass Leander recht hatte. Ich war im Arsch. Gerade mal siebzehn und das Leben lag hinter mir. Ich fing an zu heulen. Auf einmal ging es wieder. Leander legte einen Arm um mich und ich, ich klammerte mich an ihm fest. Der komische Leander war der Einzige, der noch genug Mensch war, dass man sich an ihn klammern konnte, ein Strohhalm zwar, aber immerhin.

Nach einer Weile hatte ich mich wieder etwas beruhigt und es ging auch schon ein wenig besser. Wir zündeten ein Teelicht an und kamen ins Quatschen. Das war allemal besser als die Waschmaschinentrommel, die sich da vorhin in Gang gesetzt hatte.

»Sag mal, wie bist du eigentlich draufgekommen?«, fragte ich ihn schließlich.

»Oh, Mann. Ich weiß nicht, ob ich dir das erzählen soll.« Er pulte mit einem Streichholz im Teelicht herum. »Hatte irgendwie mit Tara zu tun.«

»Hä? Mit Tara?«

Das Teelicht ging aus. »Fuck!«, meinte Leander und entzündete ein neues Streichholz. »Na ja, weißt du – ich war damals total verknallt.«

Mir wurde ganz komisch.

»Wir waren zusammen. Na ja, zwei Wochen. Oder drei. Aber das ist so kurz, das zählt eigentlich nicht, wa?«

Dieser Wichser! Deshalb also scharwenzelte er hier ständig herum. Der Feind in meinem Bett. Oder eher Matratze. Ich wurde von einem riesigen Sog erfasst und hinaus aufs Meer des Verrats gezogen und ich merkte, wie ich langsam unterging.

»Tara hat mir irgendwann gesagt, dass sie eigentlich nicht auf Typen steht. Und dann ist sie einfach gegangen.«

Ich tauchte wieder ein Stückchen auf.

»Und ich –«, er schluckte. »Ach, vergiss es.«

»Nee. Erzähl mal bitte weiter«, sagte ich.

Er schwieg. Eine Weile war nichts zu hören als unser Atmen. »Weißt du, ich fand Drogen eigentlich immer voll scheiße. Da wollte ich nie hinkommen. Nie.«

Leander machte sich schon wieder am Teelicht zu schaffen. Dann zündete er ganz in Gedanken noch ein paar andere an. Und auf einmal war es unangenehm hell im Raum.

»Tara hat ja damals schon alles Mögliche geschmissen, aber soweit ich weiß, noch kein H. Trotzdem wollte ich sie retten. Unbedingt wollte ich das. Ich wollte, dass sie von dem Scheiß wegkommt.« Er lachte. »Na ja, aber rette mal Tara. Die pfiff darauf, gerettet zu werden. Und schon gar nicht von mir.« Er tauchte seinen Finger ins flüssige Wachs und sah zu, wie es auf seiner Fingerkuppe fest wurde. »Na ja, und als sie dann gegangen war, war mir irgendwie alles egal. Ich hab gleich mit H angefangen. Völlig bescheuert. Ich dachte, wenn ich Drogen nehme, bin ich Tara nahe. Dann würde ich alles verstehen. Und wenn ich draufgehen würde – scheiß drauf. Dann würde ich halt draufgehen. Das hatte ja alles ohnehin keinen Sinn ohne sie.« Das festgewordene Wachs fiel von Leanders Finger und er rollte es nervös zwischen den Fingern. »Wir haben uns dann aus den Augen verloren. Ich hab es ziemlich übertrieben. Ist auch rasant bergab gegangen mit mir. Na ja, und irgendwann bin ich dann entgiften gegangen und aus Berlin weggezogen und habe versucht, sie einfach zu vergessen. Und bis auf das Vergessen hat es ja einigermaßen geklappt. Aber ein Jahr später hab ich dann diese Sache mit ihren Eltern gehört. Keine Ahnung, wieder dachte ich, dass ich sie retten könnte. Hab alles hingeschmissen und zurück nach Berlin. Na ja, und nach dem Unfall war sie dann halt ganz schnell auf H. Und hier siehst du den jämmerlichsten Retter, den die Welt jemals gesehen hat: Leander von Lilienthal. Drüben liegt Tara, und Leander von Lilienthal, der Ritter und Retter von edlem Geblüt, ist schon lange selbst wieder drauf.«

Ich starrte Leander an.

»Brauchst nicht eifersüchtig zu sein, Prinzessin. Soweit Tara das noch kann, liebt sie dich. Nicht mich. Ich bin nur so was wie Treibgut, das sie in ihrer Reuse hinter sich herzieht. Wie sagtest du mal so schön? The Prince of Doom.«

Und ich, ich wusste überhaupt nicht, was ich sagen sollte. Da hatte mir das Leben ein Puzzleteil in die Hand gedrückt und kaum lag es an der richtigen Stelle, gab das alles plötzlich einen Sinn. Und es klingt vielleicht komisch, aber ich fühlte mich Leander gerade ganz nah. Wir umarmten uns. Es war alles gesagt und so blieben wir die ganze Nacht. Nichts Sexuelles. Schicksalszwillinge, genau das waren wir, und die Nabelschnur, die uns beide verband, mündete direkt in Tara.

Am nächsten Tag war Tara wieder halbwegs auf dem Damm und so wurschtelten wir weiter. Klaufen, Schnorren, Anschaffen. Ab und zu schlugen wir auch Autoscheiben ein, wenn irgendein Vollidiot seinen Laptop oder sein Blackberry auf dem Beifahrersitz liegen gelassen hatte. Der ganz normale Wahnsinn eben, und das Einzige, was überhaupt noch eine Rolle spielte, war der tägliche Schuss. Oh Herr, unseren täglichen Schuss gib uns heute, aber besser zwei oder drei. Amen. Es darf auch gern ein bisschen mehr sein. Halleluja!

In gewisser Weise waren Tara und ich inzwischen auf junkiemäßige Art total verspießert. Die richtigen Spießer klettern ins Hamsterrad, um sich in einer weit entfernten Zukunft zurücklehnen zu können. Eine Zukunft auf der eigenen Parzelle, im normierten Eigenheim mit

Wasch- und Spülmaschine, Mikrowelle und Toaster und 1000-Watt-Espresso-Automat, der 50-Zoll-Heimkino-Anlage, watteweich gepolstert auf einem Arsenal von Versicherungen für den Fall der Fälle. Und dann strampeln sie und strampeln und das Rad dreht sich immer schneller und schneller und es gibt kein Entkommen mehr, alles ist geplant und alles dreht sich um die Erhaltung der eigenen Art. Blöd nur, wenn irgendwas zwischen die Speichen gerät und sie aus dem Rad herausgeschleudert werden. So ein Aufprall kann hart sein und da greift nicht mal die Lebensversicherung.

Aber auf gewisse Art waren wir genauso, nur dass unsere Zukunftspläne sich jeweils nur auf die nächsten acht Stunden konzentrierten und wir strampelten und strampelten und wir taten alles dafür, dass nichts, aber auch nichts zwischen die Speichen geriet. Das Dumme am Verspießern ist, dass man nicht jetzt lebt, sondern dass einen die Routine an der Kette führt und dass das wahre Leben immer irgendwo anders ist, dass es die Möhre ist, die einem vor der Nase herumbaumelt und der man hinterherrennt, und wenn es ganz dumm läuft, hat man sich so gestresst, dass der Herzinfarkt kommt, ehe man auch nur ein Stückchen näher gekommen ist. Hase und Igel eben.

Und dann eines Tages – Cut – wieder ein Einschnitt. Es klingelte Sturm, und verpeilt, wie ich war, öffnete ich die Tür. Dabei war das doch oberstes Gebot: Öffne nie, aber auch wirklich nie die Tür, wenn du niemanden erwartest.

Denn nie, aber auch wirklich nie verheißen ungebetene Besucher irgendetwas Gutes. Aber nein, der Alicejunk schlurfte schlaftrunken mit seiner Kaffeetasse zur Tür, öffnete sie und stand nun einigermaßen hilflos und überrascht einem Mann gegenüber, der ohne lange Umschweife in die Bude drängte.

»Guten Tag, mein Name ist Huerdler. Ist deine Mutter zu sprechen?«

»Meine Mutter???« Ich verstand nur Bahnhof. War der Typ etwa von der Bullerei? Aber nein, dann wüsste er ja, dass sich die Sache ganz anders verhielt und Superma garantiert nicht in einer verranzten Junkiebude zu vermuten war.

»Ja. Deine Mutter. Frau Feuerbach.«

Meine Nervenstränge waren wie geschält, lagen brach, der geringste Reiz führte zur Eruption. Und so lachte ich auf. Lachte völlig hysterisch weiter und konnte überhaupt nicht mehr aufhören. Der Typ sah mich über seine halbe Brille hinweg vorwurfsvoll an.

»Ich wüsste nicht, was daran jetzt so lustig ist, Fräulein.«

Fräulein! Hilfe. Die Lage war ernst. Verdammt ernst. Fremde Männer, die ernst und wichtig taten, drangen zu Zeiten, in denen jeder anständige Aussätzige noch friedlich schlummerte, in unsere verwahrloste Bude ein. Aber Fräulein! Ich konnte nicht mehr, bekam keine Luft mehr, hatte Tränen gelacht. Aber endlich gelang es mir, mich ein wenig zusammenzureißen.

»Ähm, Herr Huerdler, Frau Feuerbach ist meine Freundin. Nicht meine Mutter.«

Er musterte mich noch einmal durch seine halben Gläser und wechselte danach zum Sie.

»So, so, nun.« Er räusperte sich. »Nun, wenn Sie also die Freundin von Frau Feuerbach und hier offenbar wohnhaft sind, werden Sie es sicher bereits erraten haben, ich bin der Gerichtsvollzieher.« Er ließ seine Augen durch den Raum schweifen und sah dabei einigermaßen angeekelt aus.

Gerichtsvollzieher? Schlagartig war ich wach.

»Da Sie weder auf die anwaltlichen Mahnungen noch den Räumungstitel reagiert haben, bin ich befugt, hiermit die Zwangsräumung zu vollstrecken.«

Räumungstitel? Daraus hatten wir sicher einen Filter gebaut.

»Zwangsräumung?«, fragte ich doof und bekam den Mund wahrscheinlich gar nicht mehr zu. »Wann denn?«

»Gutes Kind. Umgehend.«

Offenbar hatte ich ihn weiterhin recht grenzdebil angestarrt.

»Das heißt: sofort.«

»Oh«, entfuhr es mir.

Er sah sich weiter in der Wohnung um. »Wenn Sie vielleicht die Freundlichkeit hätten, ihre, ähm – Freundin zu rufen.«

Ich hatte gar keine Zeit, in Panik zu verfallen.

»Ach, und wenn Sie schon dabei sind, dann könnten

Sie vielleicht auch diese Individuen hier aus dem Schlaf holen.« Mit dem Kopf deutete er auf das Matratzenlager, wo Jaro, Lilly, Jamila und Adolphe in aller Seelenruhe vor sich hin schnarchten. Die hatten sich ja auch wieder gewaltig abgeschossen.

»Werd's versuchen«, murmelte ich.

Als Erstes weckte ich Tara und als sie das Wort »Gerichtsvollzieher« hörte, stand sie gleich senkrecht im Bett und wirkte erstaunlich nüchtern.

»Fuck, fuck, fuck! Auch das noch!« Sie glitt in ihre Klamotten und Stiefel und kam mit ins Wohnzimmer.

»Tach. Mein Name ist Feuerbach«, sagte sie zu Huerdler. Gleichzeitig kickte sie Jaro in die Seite, der empört aufgrunzte.

»Ey Mann, was soll denn die Scheiße?«, fing er an.

»Halt die Klappe, Mann, und weck die anderen.« Tara schien wieder ganz die Alte.

Der Gerichtsvollzieher sah über das Geschehen hinweg und erzählte ihr noch einmal das Gleiche wie mir.

»Aha, verstehe«, sagte Tara. »Wie lange haben wir Zeit?«

Inzwischen hatten sich die anderen hochgerappelt und standen nun wie eine versiffte Affenhorde hinter Tara und mir und das Einzige, was die Affenhorde beizutragen hatte, war, doof zu glotzen.

»Nun, ich kann Ihnen eine Stunde Zeit geben. Dann kommt der Räumdienst.« Er latschte noch einmal durch alle Zimmer. »Wie es aussieht, gibt es nichts, was sich im Pfandhaus einlagern ließe. Mann, Mann, Mann, wie kann man nur so hausen? ... Aber eines muss ich sagen, der, der Ihre Wände bemalt hat, hat wirklich Talent. Schade, dass die Bilder so mit – Rückständen überzogen sind.«

Ich sah mir Taras Bilder noch mal genau an. Oh ja, Rückstände, das traf es ganz gut. Diese Flecken, das war es, was sechs Junkies, ihre Psyche und ihre Eingeweide als Souvenirs hinterließen.

Mein Gott, seit Monaten hatte Tara nichts mehr gezeichnet und ich glaube, das letzte Mal, dass ich in die Sterne geblickt hatte, war im Sommer gewesen. Wo war es nur hin, das wahre Leben? Hirntote Halbaffen waren wir geworden und auch wenn wir mit allen bürgerlichen Normen brachen, in gewissem Sinn verhielten wir uns spießig.

Und nun hatten wir also eine Stunde Zeit, unsere Junkie-WG aufzulösen. Nicht eben ein galaktisch großes Zeitfenster, aber es dauerte nicht einmal zehn Minuten und wir stoben auseinander wie negativ geladene Teilchen. Sechs mittelgroße Rucksäcke und fertig waren wir. Die Matratzen konnte der Räumdienst entsorgen. Und unser Abschied war das, was man getrost als unsentimental bezeichnen konnte. Jaro und Lilly verschwanden in die eine, Adolphe und Jamila in die andere Richtung. »Wir hören uns«, war alles, was es noch zu sagen gab. Und tschüss.

Huerdler notierte sich Taras Ausweis- und die Handynummer. Auch er sonderte ein »Sie werden dann von uns hören« ab. Dann fiel die Tür ins Schloss, unten fuhr der Räumdienst vor und der Engel und das Alien waren obdachlos. Wie schön, dass gerade Winter war.

»Und nun?«, fragte ich Tara und gleich darauf fragte ich mich, warum ich eigentlich immer von Tara erwartete, dass sie uns beide aus der Scheiße zog.

»Jetzt rufen wir Herrn von Lilienthal an.« Tara kramte ihr Handy hervor. »Le? Icke. Du, die Prinzessin und ich wurden eben zwangsgeräumt ...«, sagte sie. »Ja? Du weißt aber schon, was du dir da einhandelst, wa? ... Hey, cool, Mann. Bis gleich.«

Und so strandeten wir in Les Einzimmerbude, die erstaunlich ordentlich für eine Junkiewohnung war.

»Aber dafür musst du mir was malen«, sagte er zu Tara.

»Gern«, sagte sie.

»**Siehste, Le** ist eben einfach viel schlauer als du«, stachelt Alice an.

»Ich weiß.«

»Ruf ihn doch mal an. Der freut sich bestimmt«, sagt Alice. Und irgendwas nagt an meinen Eingeweiden. Le ist der Einzige außer Tara, den ich wirklich vermisse. Le wohnt bestimmt noch in Kreuzberg.

Und seit wir bei Leander eingezogen waren, kam so etwas wie ein bisschen frischer Wind auf. Tara begann tatsächlich wieder mit dem Malen. Natürlich nur ein bisschen. Viel Zeit blieb ja nicht bei unserer ständigen Jagd nach Stoff. Und irgendwie steckte mich Tara an und ich klaute ein paar Astronomiebücher und tatsächlich glomm ab und zu wieder der Gedanke an ein Studium auf. Aber mehr so wie bei einer Kerze, die schon fast runtergebrannt war.

Tara und ich gingen nun fast täglich anschaffen. Inzwischen meistens zusammen. Manchmal machten wir sogar einen Sport daraus, wer am meisten Kohle nach Hause brachte.

Und ich muss sagen, mein erstes Mal damals, das war wirklich schlimm, aber was danach kam, war meistens noch viel schlimmer. Ich glaube, inzwischen habe ich fast alles gesehen, was die menschliche Perversion so bereithält. Die potenziellen Kinderschänder waren die einen, und die, die unbedingt ohne Gummi wollten, aber dann gab es noch die Sekt- und Kaviartypen. Das muss man sich mal vorstellen, erwachsene Männer, die wollten, dass man auf sie schiss. Nun, metaphorisch tat ich das ohnehin. Aber setz das mal um, wenn du auf H bist. Du isst ja eh kaum noch was und außerdem hast du ständig Verstopfung. Dann gab es noch die Spanner, die einfach nur zusehen wollten, wenn Tara und ich es machten, und sich dabei einen runterholten. An sich waren das aber noch die Harmlosesten. Nur, du hast überhaupt keine Lust mehr, wenn du auf H bist, aber gut, dann spielten Tara und ich eben ganz großes Theater, wurden zu Schaupielerinnen. Sextresses. Am schlimmsten waren die Sadisten. Bei denen musste man echt aufpassen, dass sie einen nicht einfach mir nichts, dir nichts aufschlitzten und zerstückelten.

Und durch diesen Sumpf der menschlichen Perversionen wateten wir also Tag für Tag. Und das Erstaunliche ist – du gewöhnst dich an alles, lässt alles über dich ergehen, hast nur noch Dollarzeichen und den nächsten Schuss vor Augen.

Aber etliche Tuben Gleitcreme später wäre die Sache einmal fast so richtig schiefgegangen. Tara rief an, sie hätte einen Freier, der es unbedingt zu dritt wollte, und ich sollte in ein Stundenhotel kommen. Aber als ich das Zimmer betrat, hätte mich fast der Schlag getroffen. Da stand doch tatsächlich der Glotzopa von damals aus der U-Bahn mit schon halb heruntergelassener Hose. Berlin ist riesig, aber sobald du am Rand lebst, ist es ein Geisterdorf, in dem immer die gleichen Irren und Verdammten und Gestrandeten herumspuken. Der Typ starrte mich an und an seinem dreckigen Grinsen konnte ich genau ablesen, dass auch er sich an die U-Bahn-Fahrt erinnerte. Übersetzt hieß das so viel wie: Na, das hab ich doch gleich gesehen, dass du eine von diesen dreckigen kleinen Schlampen bist. Und dir werd ich's jetzt mal zeigen. Aber so richtig. Und das war erst der Anfang dieses Horrortrips. Mir war jetzt schon schlecht und ich hatte ein extramieses Gefühl bei der Sache. Eigentlich wollte ich einfach nur weg. Ganz weit weg. Aber die letzten Tage waren schlecht gelaufen und ich fror schon wieder gotterbärmlich. No choice. Schuss gegen Schuss. Und ich hatte es ja damals schon in meinen unschuldigen Tagen instinktiv gespürt, dass der Typ zum fiesesten Abschaum gehörte. Er wollte, dass Tara mich knebelte und ans Bett fesselte, dann tat er das Gleiche mit ihr, allerdings gegenüber am Heizkörper. Und dann veranstaltete der Vollarsch sonst was mit uns. Der ließ echt nichts aus. Das war mal das eine, aber das zu ertragen hatten wir schon lange gelernt. Doch auf einmal fummelte er ein riesiges Messer aus seiner Tasche und hielt es Tara zwischen die Beine. Was war das denn für eine Snuffscheiße? Und auf einmal war ich für einen kurzen Augenblick wieder ganz klar. Ich hatte die ganze Zeit schon gemerkt, dass Tara die Fesseln nur locker befestigt hatte und während sich dieses Tier noch an ihren angstgeweiteten Augen weidete, gelang es mir, mich von den Fesseln zu befreien. Ich schnappte mir die gläserne Nachttischlampe und ohne auch nur nachzudenken, briet ich sie ihm einfach über und wunderte mich selbst, wie viel Kraft mein ausgemergelter Körper noch hatte. Der Typ sah mich verwundert an, dann fiel er um.

Ich befreite Tara. Und weil das Schwein schon wieder anfing zu grunzen, knebelten und fesselten wir ihn an die Heizung. Fünfsekundendusche, Dreisekundenankleide und ab zur Tür. Und da drehte sich Tara noch einmal um, ging zurück zum Kleiderhaufen, dem der Alte entstiegen war, und zog seine Börse heraus.

»Mann, Tara, jetzt komm doch endlich!« Ich wollte nur noch raus hier und diesen Albtraum hinter mir lassen.

Der Arsch verfolgte Tara mit den Augen und gab unspezifische, aber deutlich verärgerte Geräusche von sich.

»Pfff ... Für diese Scheiße soll er mal schön zahlen.« Sie klappte die Börse auf. »Na, sieh mal an. Da haben wir es wohl nicht gerade mit einem mittellosen Rentner zu tun. Vierhundertfünfzig Ocken.« Sie steckte sich die Kohle seelenruhig in den BH.

»Verdammt, Tara!« Mir gingen gerade die Nerven durch. Wenn das hier irgendjemand mitbekommen würde. Den verfluchten Junkies würde niemand glauben. Dann würde in allen Zeitungen stehen »Verrohte Jugendliche quälten hilflosen Rentner« und es würde niemanden interessieren, dass dieses Vieh Anstalten gemacht hatte, uns auf ziemlich unschöne Art umzubringen. Aber Tara ließ sich nicht aus der Ruhe bringen.

»Mit ein bisschen Grips und Anstand hättest das billiger haben können.« Sie beugte sich aufreizend zu ihm hinunter, sodass er in ihr Dekolleté blicken konnte und er stieß weiterhin ziemlich gutturale Laute aus.

»Von mir aus, nenn es Beischlafdiebstahl. Aber wir sind ja nicht undankbar und deshalb haben wir noch einen kleinen Nachtisch für dich. Du stehst auf Schmerzen, ja? Das ist es, was du magst?«

Das Schwein war verstummt und in diesem Augenblick holte Tara aus und trat ihm mit voller Wucht in die Eier. Er quiekte auf und begann zu winseln. Tara stöckelte zur Tür und endlich, endlich konnten wir diesen Albtraum verlassen.

Wir zogen uns die Kapuzen unserer Kapuzenpullis über, aber der Typ an der Rezeption war so in die Bild vertieft, dass er nicht einmal aufsah, als die schäbige Tür ins Schloss fiel.

Draußen ergriff uns eine seltsame Stimmung. So was wie Euphorie von wegen dem Tod noch mal von der Schippe gesprungen, zweites Leben geschenkt und so, und gleichzeitig war das schon wieder so weit weg und nicht real, und worauf es wirklich ankam, war der nächste Schuss.

»Mann, ihr seht ja vielleicht scheiße aus«, begrüßte uns Leander, als wir bei ihm aufschlugen. Und als wir ihm den ganzen Mist erzählt hatten, schüttelte er den Kopf.

»Ihr müsst von dem Mist wegkommen, sonst macht ihr es echt nicht mehr lange.«

»Jetzt laber nicht rum, Le. Rück das Zeug raus. Ich weiß genau, dass du heute bei Basti warst«, sagte Tara und warf ihm die Kohle von Grandpa Death vor die Füße. Wir fläzten uns auf das Sofa und Le schüttelte den Kopf, und während er alles vorbereitete, murmelte er: »Wir alle müssen davon weg. Und zwar so schnell wie möglich.«

Und Schuss. Watteweicher Exponentialorgasmus. Und cut. Reality off. Peace on.

Der nächste Tag – die pure Zerknirschung. Wirre Traumfetzen hingen noch über mir. Tara verstümmelt, ein blutiger Fleischklumpen und ich beinlos auf einem Brett mit Rollen sitzend und Touristen vor einem indischen Tempel anbettelnd.

Tara war auch schon wach und kritzelte irgendwas auf ihren Skizzenblock. Ich legte meinen Arm um sie und sah ihr über die Schulter. Tara. Ich. Entstellt. Wir dachten also das Gleiche. Ohne aufzusehen, sagte Tara: »Le hat recht. Die Zeichen stehen echt auf Entzug. Das ist doch kein Leben mehr.«

»Und der ›absolute Nullpunkt‹?«, fragte ich.

Tara zuckte mit den Schultern. »Tja. Wir haben alles verloren, uns an alles gewöhnt, aber wir sind schon lange nicht mehr in der Lage, alles zu tun, was wir wollen. Vermute, Projekt ›absoluter Nullpunkt‹ ist a) Quatsch und deshalb b) gescheitert.«

»Ja. Wir haben uns an so viel gewöhnt. Wir haben uns an Dinge gewöhnt, an die sich nie im Leben jemand gewöhnen könnte, wenn dahinter nicht immer das H stünde. So wollten wir nie werden. Nie. Tara, wir sind Junkiespießer geworden!«

Tara lachte auf. »Junkiespießer! Wie abgefahren!« Sie kicherte. »Aber irgendwie stimmt das. Ständig auf der Jagd und das wahre Leben ist immer dahinter.«

»Und? Wo ist denn nun dein wahres Leben? Ist es das? Hängst auf 'nem Internat in Brandenburg herum, freundetechnisch hoffnungslos sozial marginalisiert. Und am Wochenende Superpia, Ma und Pa, die das alles nie verstehen werden. Für die der Unfall eben einen Unfall hatte. Ein Unfall, Alissa. Aber es war kein Unfall. Du wolltest das. Wolltest es unbedingt. Und das werden sie nie verstehen. Nie, nie, nie. Ständig wirst du von ihnen nach Gründen gefragt. Und im Prinzip kannst du nur mit Trainspotting antworten: ›Wer braucht Gründe, wenn er Heroin hat?‹« Alice gibt sich siegesgewiss. Und ja, verdammt, in gewissem Sinn hat sie recht und irgendwie auch nicht. Das Kotti ist aber auch die Abwesenheit des wahren Lebens. »Ach, scheiß drauf!«, sagt Alice. »Wenigstens geht dir keiner auf den Sack.«

»Grandpa Death ist mir ziemlich auf den Sack gegangen«, sage ich und Alice verdreht nur die Augen.

Und dann bereiteten wir uns auf den Entzug vor. Aber wenn du weißt, was da auf dich zukommt an Schmerzen und Panik, fällt das so viel schwerer als beim ersten Mal. Und diesmal wollten wir es nacheinander machen. Erst Tara, dann ich und zum Schluss Leander. Und es war furchtbar. Wir spiegelten uns ineinander. Taras war Leanders war mein Entzug. Kotzen, scheißen, krampfen, Wahnsinn.

Aber eines Tages hatten wir es schließlich alle geschafft.

Die Scheiße war wieder raus. Aus unseren Körpern. Aber das Dumme ist eben, aus dem Kopf kriegst du das Zeug nicht so schnell weg. Auch Leander und Tara hatten so was wie Alice, weiß nicht, wie sie es nannten. Fast alle Junkies haben das. Und bei den meisten geht es nie so ganz weg. Manche sind jahrelang clean und dann zack, irgendwas passiert und schwupp, schon sind sie wieder drauf. Wie Christiane F. Die ist ja angeblich auch wieder am Kotti gesichtet worden. Na ja, nicht von mir. Aber vielleicht ist das auch alles gar nicht wahr. Aber wenn es stimmt, stimmt es einen nicht eben hoffnungsfroh, wenn die Entzugsheroine aus den Achtzigern, na ja, ich meine –ikone, in der ersten Dekade des Millenniums noch mal einen Rückfall erleidet.

Wie auch immer, wir waren jedenfalls mal wieder clean. Wahrscheinlich hätten wir einfach weggehen müssen. Ein neues Leben beginnen. Aber wie soll man ohne Kohle und, zumindest was mich betraf, als Halbminderjährige ein neues Leben beginnen? Also blieben wir, wo wir waren, und es herrschte totale Katerstimmung. Wir hockten aufeinander im schneidend kalten Dezember, klauten ein bisschen hier und schnorrten ein wenig da, und auch wenn wir plötzlich nur noch einen Bruchteil der Kohle brauchten, verglichen zu früher, war das nun nicht eben Perspektive zu nennen. Tara krakelte lustlos auf ihrem Skizzenblock herum, ich steckte die Nase in meine Astronomiewälzer und Leander wühlte sich durch das Lebenswerk von Sartre, aber trotzdem – der Depri hing über uns wie eine Käseglocke. Eigentlich vertrugen wir uns angesichts der Umstände ganz gut, aber irgendwie waren wir zu so einer Art suizidalem Familiengefüge geworden. Zu Tode betrübter Vater, zu Tode betrübte Mutter, ganz, ganz traurige Prinzessin. Und ungefähr so spektakulär war das auch alles.

Aber eines Tages standen Adolphe und Jamila vor der Tür und wir waren froh, dass wir mal jemand anderes sahen. Party, na klar. Und ich weiß auch nicht mehr, wie es genau kam, nach ein paar Stunden hingen wir drei auch wieder an der Nadel. Nur einmal noch. Was sollte schon passieren? Und danach würden wir es wieder lassen. Für immer. War doch klar. Kein Ding. Ohne Worte waren wir uns einig. Keine langen Diskussionen. Und Schuss. Und morgen würden wir dann das wahre Leben, was auch immer das war, beginnen. Aber jetzt: Goodbye boredom, goodbye sorrow, goodbye tomorrow.

Und als ich die Augen wieder aufschlug, hatte der schrecklichste Tag meines Lebens schon begonnen, nur dass ich es noch nicht wusste. Es dauerte eine Weile, bis ich mich wieder so weit geordnet hatte, dass ich kapierte, warum Adolphe und Jamila hier herumlagen. Ach ja, Party, und jetzt schnarchten noch alle.

Also ging ich erst mal in die Küche, suchte eine saubere Tasse und machte Kaffee. Dann hockte ich mich an

Les Schreibtisch und sah aus dem Fenster. Es hatte wieder zu schneien begonnen. Ich wollte die Tasse irgendwo abstellen, aber der ganze Schreibtisch war mit Taras Skizzen übersät. Ich sah sie durch, eine nach der anderen. Himmelzerfetzende Blitze, durchbohrte Leiber, schwarzblau, dunkelrot, Neonlichtgeflirre über endlosen Kloschüsseln, zombiebevölkerte U-Bahnhöfe, Tara und ich als Laborratten Gottes.

Schließlich regte sich Le. Er schlurfte zum Klo und ich hörte die Wasserspülung rauschen, ihn in der Küche mit irgendwas herumklappern und sah ihn mit einer Büchse Bier zurückkommen. Er fläzte sich aufs Sofa und starrte vor sich hin. Es war kaum zu ignorieren, Le hatte richtig schlechte Laune. Vermutlich kotzte es ihn an, dass wir gestern gedrückt hatten.

Irgendwann bewegte sich auch Adolphes Schlafsack, zuerst kamen seine Arme hervor und streckten sich und schließlich pellte sich der Rest des Riesen aus der Penntüte. Er grinste und legte sein prächtiges Gebiss frei. »Morgen. Gibt's noch ein Bier?«

Le starrte ihn an. Und in seinem Blick lag so was wie Verachtung. »Da würde ich halt mal in der Küche nachsehen an deiner Stelle.«

»Oh, der Herr ist wohl mit dem falschen Fuß aufgestanden, oder was?«, sagte Adolphe, latschte in die Küche und kam mit einem Bier zurück.

Und dann saßen wir herum und schwiegen vor uns hin. Mein Kopf war irgendwie unangenehm leer und das Indie-Schneeflocken-Gestarre war das Einzige, was ich augenblicklich hinbekam.

»Dann wollen wir die Damen mal wecken, wa?«, sprach Adolphe irgendwann in das Schneegestöber vor und in meinem Kopf hinein. Ich drehte mich um. Gerade hatte er die Dose zerdrückt und zu Boden fallen lassen. Dann erhob er sich. Er hatte nur T-Shirt und Shorts an und als er sich bückte, um Jamila die Decke wegzuziehen, hätte man jeden seiner Muskeln einzeln zählen können.

»Menno, lass mich doch noch ein Weilchen pennen!«, Mila klammerte sich an der Decke fest, aber Adolphe war stärker. Er schleuderte die Decke hinter sich, schnappte sich Mila und warf sie sich einfach über die Schulter.

»So, Süße, jetzt wird erst einmal geduscht.«

Jamila kicherte und strampelte, und im Bad kicherten dann beide.

Leander sah ihnen nach. »Mann, was für ein Tier. Dröhnt sich zu, dass die Schwarte kracht, und dann stemmt er die Weiber direkt nach dem Aufstehen.« Er schüttelte sich.

»Höre ich da so etwas wie Neid?«

»Pfff ... Ich trainiere meinen Hirnmuskel.«

»Oh ja, und wie. Nur weil du ab und zu mal in die Sartreschwarte starrst, macht das noch lange keinen Philosophen aus dir.«

»Prinzessin, das ist 'ne Lebenseinstellung, das Philosoph-Sein.« Er drehte sich auf die Seite und schloss die Augen.

»Und wem nützt das?«, fragte ich.

Le richtete sich empört auf. »Was ist denn das jetzt wieder für eine beschissene Frage? Ist doch scheißegal, wem das nützt. Erkenntniszugewinn nützt immer.« Er verdrehte die Augen.

Na ja, wenn er meinte. Ich entschloss mich dazu, erst einmal weiter aus dem Fenster zu starren, und das tat ich, bis mein gesamtes Gesichtsfeld flimmerte.

In diesem Augenblick kamen Mila und Adolphe ziemlich wohlgelaunt aus dem Badezimmer zurück.

»Was ist denn nun mit Tara? Will die den ganzen Tag verpennen, oder was?«, fragte Adolphe.

Ich zuckte mit den Schultern. »Lass sie doch.«

»Nee, nee, nee. Die wird jetzt mal munter gemacht. Ein Schlampenhaufen hier.«

Ich drehte mich wieder um und fing Leanders Blick auf. Ja, Adolphes nicht zu bremsende Agilität nervte. Und zwar total.

Adolphe zog Tara die Decke weg, aber es kam kein Protest.

»Tara! Wochenend und Sonnenschein!«, sang Adolphe und führte so eine Art Kriegstanz um Taras Lager auf.

Keine Reaktion.

»Mann, die hat ja einen gesunden Schlaf.« Adolphe beugte sich zu ihr herab und wollte sie an den Schultern wachrütteln. Plötzlich wich er zurück. Seine riesigen braunen Augen waren noch größer geworden und rollten nervös hin und her.

»Scheiße, Mann. Die ist total kalt.«

Auf einmal war ich wach. Ich sprang auf. Le genauso. »Was???«, fragten wir gleichzeitig.

»Die ist total kalt«, wiederholte Adolphe. »Scheiße, die ist ... tot.«

Wir stürzten zu Tara. Der Engel lag da, bleich und reglos. Meine Finger glitten an ihrem Hals entlang, suchten zitternd ihren Puls. Nichts, gar nichts, überhaupt nichts. Da war kein Puls mehr. Der Engel war nicht nur kalt, er war steif. Le versuchte sie auf den Rücken zu drehen, ihr Shirt verrutschte und da sah ich die Flecken. Ich hatte den Rückwärtsgang eingelegt, stieß gegen irgendwas, stolperte. Und Leander, Leander hatte sie wieder auf den Rücken gedreht, presste beide Hände links auf ihren Brustkorb, drückte auf ihr herum, versuchte sie zu beatmen.

»Le!«, rief ich, aber er hörte nicht. Hörte und hörte nicht auf. War wie besessen. Ich stürzte mich auf ihn und weil ich ihm einfach nicht mehr zusehen konnte, knallte ich ihm eine.

»Le, es ist vorbei«, hörte ich mich sagen.

»Nein!!!«, schrie er und riss sich los. »Das kann nicht sein. Tara stirbt nicht einfach so. Nicht Tara.«

Wieder begann er mit seinen fürchterlichen Wiederbelebungsversuchen. Ein grotesker Totentanz und ich musste woanders hinsehen. Schließlich ertrug es auch Adolphe nicht mehr. Er zerrte Le von Tara weg und da rastete Leander völlig aus. Schlug um sich und schrie. Adolphe hockte sich auf ihn und drückte Les Arme auf den Boden.

Und dann kam Jamila mit dem Gürtel und dem Schuss. Le schluchzte, schluchzte. Schluchzte nicht mehr.

Und was dann kam, das nahm ich von irgendwo ganz weit weg wahr und es war wie in einem Film. Einem verdammt grottigen Film. Draußen war es schon wieder dunkel und Adolphe rollte Tara in den Teppich, und dann wurde meine leichenstarrige, totenfleckige Freundin nach unten gebracht und ein paar Straßen weiter im Park ausgesetzt wie Sperrmüll, während Jamila die Koordinaten an den Notarzt weiterleitete.

Schwer zu beschreiben, was ich fühlte. Ich weiß nicht einmal, ob ich etwas fühlte. Es war mehr so, dass meine Existenz zu etwas so Winzigem zusammengeschrumpft war, dass ich eigentlich gar nicht mehr da war, ich war implodiert, die Scherben waren auseinandergestoben und das war's. Jamila oder Adolphe oder beide gaben mir den Gnadenschuss. Game over.

Als ich wieder zu mir kam, waren Jamila und Adolphe verschwunden und Leander saß reglos auf dem Sofa und stierte vor sich hin. Seine Haut war grau und faltig und unter den Augen gerötet und unzählige geplatzte Äderchen überzogen seine Augäpfel. Er wirkte plötzlich um zehn Jahre gealtert. Noch hatte ich gehofft, dass das alles nur ein schlechter Traum gewesen war, aber ich brauchte nur Le anzusehen, um zu wissen, dass genau das die verfickte Realität war. Und mit der wollte ich nichts mehr zu tun haben. Ich erhob mich und kletterte zu Leander aufs

Sofa. Es musste nichts gesagt werden. Wir fassten uns an den Händen und starrten aus dem Fenster. Der Himmel über Berlin war wie wir. Hässlich und grau.

Und keine Ahnung, wie lange wir so rumsaßen, aber es wurde Zeit für den nächsten Schuss. Und vielleicht klingt das komisch, Tara war tot und das Einzige, was noch wirklich wichtig war, war an Stoff zu kommen. Aber gerade weil sie tot war, war das wichtig. Das Gift war jetzt die einzige Möglichkeit zu überleben.

Wir wurden also unruhig und jeder wusste, was er zu tun hatte. Kohle beschaffen und bei Basti aufschlagen. Also machte ich mich zurecht, schnappte mir meinen Rucksack und bevor sich unsere Wege trennten, musste ich Le einfach umarmen.

»Was ich noch sagen wollte, ich weiß, was Tara an dir gefunden hat«, sagte ich.

»Ja, Prinzessin. Das wollte ich dir auch schon länger mal sagen.« Er wuschelte mir durchs Haar. Und dann ging er die Straße rauf und ich ging sie hinunter.

Aber auf einmal knickten mir die Beine weg und ich schaffte es mal eben so bis zur nächsten Bank und obwohl die bis oben hin zugeschneit war, ließ ich mich einfach fallen. Mir schossen die Tränen in die Augen und ich fummelte in meinem Rucksack nach Taschentüchern. Als ich das Päckchen erwischt hatte, spürte ich, dass da irgendwas Festes drin war, was da nichts zu suchen hatte. Ich pulte in der Packung herum und auf einmal hielt ich einen Schlüssel in der Hand. Den Schlüssel zu Thoralf und Jasmin Johanssons Eigenheim. Er fühlte sich seltsam heiß an. Und wieder floss ein ganzes Gewässer aus meinen Augen.

Schließlich raffte ich mich aber doch auf und irrte in die Pohlstraße. Meine Füße knirschten durch den Schnee und die Nässe kroch mir in die Schuhe. Das bisschen Nichts, das ich noch war, wurde von Zitterattacken geschüttelt und ständig schaute ich mich um, ob jemand hinter mir her war. Aber die Straße lag weiß und glitzernd und ziemlich verlassen vor und hinter mir und eigentlich sah sie ziemlich schön aus. Und auf einmal wurde mir klar, dass es heute nichts werden würde mit der Anschafferei, dass ich das überhaupt nie wieder tun könnte. Vermutlich. Aber der Druck trieb mich weiter und ich verfluchte den Umstand, dass es Tara und nicht mich erwischt hatte.

Ich trieb dahin wie die Schneeflocken und achtete überhaupt nicht darauf, wo ich war. Ich fuhr mit irgendwelchen U-Bahnen nach irgendwo, irrte durch versiffte Bahnhöfe, fuhr mit Rolltreppen hoch und rannte irgendwelche Treppen wieder runter, stieg in andere Linien, kam irgendwo an, lief rum. Keine Ahnung, wie lange und wohin. Cut. Prenzlberg. Cut. Volkspark. Cut. Das Johansson'sche Eigenheim. Cut. Der Schlüssel glühte in meiner Hand. Und auf einmal hatte ich einen Plan. Ich würde hineingehen und einfach nach Kohle suchen. Eigentlich lag ja immer irgendwo was rum. Die Kohle aus dem Tresor holen. Den Code kannte ich ja. Und dann würde ich erst einmal wochenlang Stoff kaufen können und trotzdem nicht auf den Strich müssen und irgendwann würde ich einen Entzug machen. Einen richtigen. Mit Substitution und allem Drum und Dran. Sicher, ich würde meine Eltern beklauen, aber das durften sie einfach nicht persönlich nehmen. Ich beklaute alle. Mit viel gutem Willen könnte man es auch als vorgezogenes Erbe betrachten. Oder so.

Alle Lichter waren aus. Sehr gut. Wer so toll sein will, muss auch zeitig schlafen gehen. Das hatte sich also schon mal nicht geändert. Hoffentlich hatten sie nicht das Schloss ausgewechselt. Aber nein, der Schlüssel passte. Ich zog die Schuhe aus, damit ich keinen unnötigen Lärm veranstaltete und lehnte die Haustür nur an. Und dann ergriff ein sehr, sehr seltsames Gefühl von mir Besitz, und anstatt mich ins Wohnzimmer zum Tresor zu meinem vorgezogenen Erbe zu schleichen, tappte ich auf Zehenspitzen dahin, wo früher mein Zimmer gewesen war. Ich weiß nicht, wie lange ich wirklich vor der Zimmertür gewartet hatte, bis ich genügend Mut aufbringen konnte, die Klinke zu drücken. Gefühlt waren es etwa zehntausend Jahre oder noch ein wenig mehr. Schließlich schloss ich die Augen, tastete nach dem Lichtschalter und vergaß fast zu atmen. Wer weiß, was sie aus der Bude gemacht hatten? Einen begehbaren Kleiderschrank für Pia in Altrosa, ein Hauswirtschaftszimmer für Ma, wo sie so sinnvolle Dinge tun konnte wie Socken und Unterhosen bügeln? Ein Gästezimmer für meine Supergeschwister und ihre Superkinder?

Aber als ich die Augen öffnete, war da weder ein altrosa Kleiderschrank noch ein Bügel-, noch ein Gästezimmer, sondern das Alissa-Johansson-Gedächtnis-Museum. Peinlichst staubfrei gehalten, aber ansonsten wie in der Zeit eingefroren, Stand Mai, vor anderthalb Jahren. Einen Schritt machte ich noch und dann wurde alles schwarz.

Als nicht mehr alles schwarz war, war alles weiß. Krankenhausweiß. Ärzte- und schwesternkittelweiß. Guten Morgen, herzlich willkommen. Cut. Und schon war ich mitten in der medikamentengestützten Entgiftung, wurde vollgepumpt mit Diazepam gegen den Affen, damit das Sandmännchen kam, Zopiklon, gegen die Muskelkrämpfe Butylscopolaminbromid und gegen die Scheißerei Loperamid. Und dann noch ein bisschen dieses gegen jenes und jenes gegen dieses.

Und jetzt bin ich also wieder clean. Ich habe keine Ahnung, was aus den anderen geworden ist. Ob Basti schon in Neuseeland ist und Adolphe Bastis Business geerbt hat oder ob seine Küche schon hochgenommen worden ist. Ich habe keine Ahnung, ob Jaro und Lilly und Mila auf Entzug sind oder tot. Aber wahrscheinlich leben sie. Und Leander? Wegen Leander habe ich ein schlechtes

Gewissen. Bin einfach umgefallen und habe ihn alleingelassen in seinem Schmerz. Wirklich, ich fühle mich nicht gut dabei, obwohl ich es ja nicht darauf angelegt hatte, einfach umzufallen. Was aus Taras Oma wurde? Ich weiß es nicht. Ich weiß nichts, nichts, nichts. Nicht einmal, wo Taras Grab ist, weiß ich. Meine Hände zittern und ich muss mich beherrschen, um nicht noch einmal nach der Klinge zu greifen. Ärztlich begleitet und therapeutisch gestützt, bin ich nun tatsächlich in diesem Internat in Brandenburg gelandet, umgeben von reichen Snobs. Wechselseitig haben wir keine Ahnung, wovon wir reden. Wenn sie von Problemen reden, kann ich keine erkennen und deswegen habe ich irgendwann einfach aufgehört zu reden. Noch immer bin ich das Alien. Princess Cleanliness, spattered by Alice. Auch für meine Familie bin ich nicht mehr nur das schwarze Na-ja-Alissa-Schaf, sondern das Alissa-Alien. Ein Alien, das aus einem sehr fremdartigen Universum in ihre kleine Welt zurückgestürzt ist und sich nicht mehr so richtig in ihr zurechtfindet. Aber trotzdem ist da so eine Art Liebe zwischen uns. Und Alissa will wirklich ihr Abi machen und Astrophysik studieren und nach Indien fahren und die Räucherstäbchen für Tara im Kali-Tempel entzünden und ich weiß, dass Tara das alles mächtig gut finden würde.

Ich schließe die Tür von innen ab und ich wundere mich selbst, dass sich bei der Auswahl dieses Zimmers niemand an dem Baum gestört hat, der direkt vor dem Fenster wächst. Eine Minute später bin ich unten. Mitten im Krokusland. Und ich laufe, laufe, laufe. Unter einem taraaugenhuskyblauen Himmel laufe ich mitten in den Frühling hinein. Und Alice – sie schweigt. Aber sie weiß, wann der nächste Zug nach Berlin geht.